舌を絡められ、きつく吸い上げられる。その激しさに胸を喘がせながらも、朔矢は求められるだけ舌を与え、なだめるように彼の背を撫でた。　（本文より）

官能と快楽の砂漠《ハーレム》

SAKURA MAYUYAMA
眉山さくら

Illustration
小山田あみ

SLASH
B-BOY NOVELS

この物語はフィクションであり、実際の人物・団体・事件等とは、いっさい関係ありません。

CONTENTS

官能と快楽の砂漠《ハーレム》

プロローグ

「やっと、この手に収めることができた……俺の朔矢《さくや》」

甘く囁きながらも我がもの顔で伸し掛かってくる男を、碓氷《うすい》朔矢は睨《にら》みつける。

夜の冷たく澄んだ空気に満ちた剣道場。その高い窓から冴え冴えとした蒼白い月光が差し込んで、板張りの床の上に引き倒された、白い道着と紺色の袴《はかま》姿の朔矢――そして、朔矢を押さえ込み、拘束する男を照らす。

朔矢にとって、毎日欠かさず通い詰め、剣友たちとともに鍛錬《たんれん》してきた、見慣れた道場。

だが男は、純和風の質素な木造の建物の中で唯一、異質にして強烈な存在感を持って、そこにいた。

中東にある国、バシュヌーク王国の民族衣装である真白の頭布、そして銀糸に縁どられた漆黒の礼服に身を包んだ男。彼は、荒々しくも威厳あふれるオーラをまとい、苛烈な太陽が支配する灼熱の地を統《す》べる者にふさわしい風格で、朔矢を圧倒する。

その迫力に怯《ひる》みそうになる自分を叱咤し、朔矢は腹に力を込めると、

「ふざけるな……私は、所有物などではない」

凛《りん》とした声で、否定の言葉を道場に響き渡らせる。

「相変わらずだな、朔矢。このイスハークにそんな口を利《き》く者はお前ぐらいだ」

だが男は動じる様子もなく、金と碧《あお》が入り交じった複雑な虹彩を持つ双眸で朔矢を見下ろし、クッと不遜に口元を吊り上げた。

イスハーク・ビン・アクラム・アル・イブラヒム。

中東にある国、バシュヌーク王国の第一王子であり、年老いた国王の片腕として国政を担う若きリーダーで、弱冠二十五才とは思えぬその辣腕《らつわん》ぶりは遠い日本でさえ評判となっていた。

保守的だったバシュヌークを変えようと、活動の場を海外にまで広げ、大規模な救済的投資や寄付で信頼を強め、外交にも天才的な手腕を見せているという。

だが遠く離れた日本の、しかもこんな片田舎になどいるはずのない人だ。なのに……。

行く先々で災難を起こす、弱くて厄介者の自分を受け入れてくれたこの道場の師範への恩を少しでも返そうと、道場を手伝いながら、いかなる時も冷静でいられるように鍛錬を積んでいたつもりだった。……もう二度と、自分の弱さからおろかな過《あやま》ちを繰り返さないように。

静かに自分を見つめ直し、精神を鍛《きた》える毎日。

――だがそんな日々は、ある日突然打ち破られた。

『碓氷朔矢さま、ですね？』

頭布にスーツ姿というういでたちの男たちが、いきなり道場に押し入り、朔矢を取り囲んだのだ。

そして彼らによって人払いがされたあと、

『九年ぶりか……ずいぶん長い隠れんぼだったな。朔矢』

そう言って当然のごとく現れたイスハークの姿に、さすがに動揺せずにはいられず、茫然自失となった朔矢は抵抗する間もなく彼の強靭《きょうじん》な身体の下に組み伏せられてしまった。

四分の一ほどスペイン貴族の血を引く彼の、中東の猛々《たけだけ》しさと思慮深さ、そして南欧の男らしさあふれる艶やかさと豪胆さ、その両方を兼ね備えた、褐色《かっしょく》の肌に包まれた精悍な相貌。人の目を惹きつけてやまないそれが今、間近にある。

この九年間、どれだけ忘れようとあがいても叶わず、狂おしいほどの想いとともに朔矢の胸を占め続けた……なつかしく、慕わしい人。

――――けれど、もう二度と触れてはいけない。

「離れてくれ。……私は疫病神だ、イスハーク。君の国にとっても……そして、君にとっても」

喉元までせり上がってくる苦く切ない思いを飲み込んで、朔矢は訴えた。だが、

「勝手に決めるな――――そんなくだらない妄想をぶち壊すために、俺はお前を迎えに来たんだ」

イスハークはもどかしげに顔をしかめて言い切ると、朔矢の腰を引き寄せてくる。

「や…、やめろ！　イスハーク……ッ」

触れられた瞬間。まるで電流が走ったかのような痺《しび》れに打たれ、朔矢はうろたえて彼の胸を押

し返した。

駄目なのに。

イスハークの力強い言葉に、その熱い腕に、朔矢の胸は震えた。

身体の線の出にくい、中東の民族衣装である長衣越しにも分かる逞《たくま》しい身体つきに、均整の取れたずば抜けた長身。昔から体格には恵まれていたが、さらに精悍さを増した彼からは、王者の風格さえもただよっていた。

朔矢も長年続けた剣道で鍛えている自負はあるが、もともと細身の骨格の上に引き締まるようにして筋肉がつく身体は、中性的な顔の造りとあいまって線が細く見えてしまう。

「く……っ」

どんなに必死に押し退けようとしても、彼はびくともしない。それどころか微笑《わら》って見下ろす余裕すらある彼に、朔矢は唇を噛《か》む。

――これほど差がついてしまうなんて……。

悔しい。

圧倒的な体格の違いを見せつけられ、いいようにされる屈辱に、朔矢は唇を噛み締めた。

歯が立たない弱い自分が腹立たしく、そして……そんな自分を余裕の笑みすら浮かべて見下ろしてくる彼が、恐ろしかった。

「なにを恐れている。ずっと、繰り返してきたことだろう…？」

「……っ」

怯《おび》えているのを見透かされている。

怖いのだ。凶暴なほどの艶を帯びて迫ってくるイスハークが、そして、この先を予感して被虐混じりの疼《うず》きを覚える自分自身が――

重なるイスハークの身体から伝わる体温。彼の肉厚の唇から漏れる吐息。そしてまっすぐに見つめてくる熱っぽいまなざし。

彼の存在を強烈に意識して動揺する心を知られまいと、朔矢は挑むように見上げる。

「私の上から退け…っ。ここは王族が絶対の権力を持ったバシュヌークでもなければ、私も君のものじゃない。聞き分けのない子供のお守りをするのは、もう御免《ごめん》だ」

鋭く研ぎ澄まされた刃を突き付けるように、冷たい言葉を言い放った。年下だということをずっと気にして背伸びしていた彼を傷つけるだろう言葉を。

バシュヌーク王国で起こった事故に巻き込まれ、両親を失い、ただ一人残された時。異国の地で途方に暮れていた朔矢を助けてくれたのは、イスハークだけだった。

散々世話になっておいて、その恩を裏切るようにして逃げた。どんな理由があろうとも、結果的に自分がしたことが、まだ十六の少年だった彼を傷つけたことに変わりはない。

言い訳するつもりも、取り繕うつもりもなかった。

……なんという恩知らずだと、軽蔑し、憎んでくれたほうがいい。そのために、彼に黙って王宮を出たのだから。

悲壮な思いを秘めて、彼を見据える。

だが、イスハークは傷ついた顔をするどころか、朔矢の決意をあざ笑うように獰猛《どうもう》に口角を上げた。そして、

「お前がどう思おうが……朔矢、お前を絶対に連れ戻す。そのために俺自らこんな極東の地までやってきたんだからな」

揺るぎのない声であくまで不遜に言い渡し、彼は大きな手で朔矢のあごを強引につかみ上げる。

「……ッ！　連れ戻す、だと……私は国王の赦《ゆる》しを得て、日本に戻ったんだぞ。君の独断でそんな、勝手な真似をしたりしたら……」

動じるどころか凶暴さを増すばかりのイスハークの束縛に内心焦《あせ》りつつも、朔矢は言い募った。

「――父は執務の途中で倒れた。俺が、今のバシュヌークの全権を握っている」

「倒れた……国王が……!?」

孤児となった朔矢がバシュヌーク王国で生活できたのも、イスハーク、そして国王の後ろ盾があったからだ。

恩人の危機に、そしてなにも知らずにいたことに、朔矢はショックを隠せなかった。

「俺が次の国王になる。もう誰にも口出しなどさせはしない。父にも――朔矢、お前にもな」

呆然《ぼうぜん》とする朔矢に、さらに追い打ちをかけるようにして、力強い声で彼は宣言する。

「……イスハーク……」

突然、イスハークが姿を現したこと、国王が倒れたこと。そしてとどめを刺すように告げられた、その言葉がさらに激しい衝撃となって、朔矢を打ちのめす。

「……朔矢……」

朔矢の震える唇に吸い寄せられるかのようにして、イスハークが顔を近づけてくる。

「やめ…ろ……ッ」

現代の剣豪と名高い師範のもと、猛者《もさ》たちが鍛錬するこの道場は、朔矢にとって神聖なものだ。よりによってここで、ふしだらな行為を仕掛けようというのだろうか。

朔矢は恥辱に打ち震えつつも、気丈にまなじりを吊り上げて睨む。

あくまで抵抗する姿勢を崩さない朔矢を、イスハークがどこか苦しげに顔をしかめ、見つめる。

だが彼は、なにかをふっきるようにして、ふいに片眉を上げ皮肉げにクッと笑うと、

「……お前があくまで拒むつもりなら、それでもいい。俺が子供かどうか、改めて確かめてみるがいい。その身体で……」

そう言い渡すと身動きできなくなった朔矢の道着をつかみ、引き裂くような乱暴さで前を押し開いた。

「な……ッ」

その衝撃で道着の紐が切れ、衿元《えりもと》が大きくはだけた。

あらわになった朔矢の上半身を見下ろし、

「久しぶりだ……よく引き締まった細い腰も、きめ細かい白い肌も、その中で唯一、淡く色づいた乳首も……」

視線と言葉で嬲《なぶ》り、おもむろに顔を近づけてくる。

「や…、やめないか…っ、イスハーク…！」

彼の息がかかるだけで、意識して胸の先がキュ…ッと固くしこり、疼いてしまう。そんな自分に焦り、朔矢はうろたえた声を上げた。

「やめろ？　これがいやがってる身体の反応とはとても思えないが」

「んぅ……ッ」

からかうように尖った胸の粒を弾かれた拍子に、唇から甘い声を漏らしてしまう。己の身体の反応に羞恥と屈辱を煽《あお》られ、朔矢は唇を引き結んだ。

「ずいぶん敏感だな……離れている間、他の男に触らせていたのか？　この身体を」

快感に色づいた朔矢の顔を覗《のぞ》き込み、イスハークが問う。

「っ……ふざけたことを言うな…！　誰が、そんな……っ」

イスハーク以外の男となど、考えたこともない。

とんでもない侮辱に、朔矢は込み上げる怒りと哀しみのままに言葉を叩きつける。

「女性とも？」

「……………っ」

切りつけるようにさらに問われ、朔矢は口を引き結んだ。

イスハークは女性経験豊富なうえに、長い付き合いなのだ。朔矢がいくら見栄《みえ》を張ったところで見破られてしまうだろう。

言い寄られたことがないとは言わないが、自分にとても女性を幸せにできる資格があるとは思えなかったし……正直にいえば、今まで誰にも心が動くことがなかった。唯一の例外を除いて。

心を囚われ続けていたのだ。馬鹿みたいにただ一人、目の前の男に。

無言の朔矢に答えを悟ったようで、イスハークはふと目を細め、満足げな表情になる。

反発心が頭をもたげ、一瞬、すでに関係を持っている人がいると言ってやろうかという思いが朔矢の脳裏をよぎった。だが、

「それはなによりだ。なにがあろうとお前を俺のものにすることに変わりはないが——もし、俺の他にお前を手に入れた者がいたと知ったら、なにをしでかすか……自分の理性に自信が持てなかったからな……」

双眸にゾッとするほど冷酷な光を宿し、イスハークはそう言って獰猛に笑う。

その迫力に朔矢は思わず息を詰める。

それでも、凶暴なほどの彼の独占欲に、感じるのは恐怖だけではなくて……。

「あ……ッ」

胸の先をつまみ上げられて、朔矢はピクリと身体を震わせた。
「なのにこんなに感じやすいままとは、たっぷりと愛《め》でたかいがあったというものだな……紅《あか》く
ふくらんで、まるで誘っているようだぞ」
さらに指で擦り立てるようにして尖りを刺激しながら、イスハークは朔矢の反応を確かめ、甘
い声で囁いてくる。
「んぁ…っ、やめ……あぁ……ッ」
――どうして……こんな、はずは…っ。
イスハークと離れたあと、自分を罰するようにずっと禁欲的な生活を己に課してきた。そんな
日々の中で、最初の頃は感じていた淫《みだ》らな欲求や疼きも薄れ、完全に自制できるようになったと
思った。なのに……。
おののき、荒い息をつくたびに震える胸の先。存在を主張するようにぷくりとふくらんで淫ら
に色づいた尖りへと、おもむろにイスハークは顔を近づけ、口に含む。
「ひぁ……！」
そのまま胸の尖りを食《は》まれ、走った痺れに朔矢はたまらず背をしならせた。
さらに彼は紅く充血し敏感になった尖りを舌先でつつき、唾液でしめらせながら、そのぬめり
を指で塗り込めてくる。
「んん…っ……駄目、だ……こん…な……っ」

込み上げる切ないほどの疼きに眉をきつく寄せつつも、朔矢はうわずった声でなんとかあらがおうとした。だが、

「どうした。子供の戯《たわむ》れだというなら、遠慮せずにさっさと振り切ってみせろよ」

イスハークは顔を上げると、挑発的にそう言い放った。

獰猛に笑うその口元から、頑丈そうな白い犬歯が覗く。

その姿はまるで、捕食する直前まで獲物をなぶる肉食獣を思わせて……朔矢の背をゾクリと、畏怖《いふ》、そしてどこか被虐めいた疼きが這い上がった。

「もう、身体は感覚を取り戻してきているみたいだぞ……忘れたというなら、思い出させるまでだ。身も心も、お前に俺の存在をもう一度刻みつけてやる」

強い意思に満ちた双眸が、射貫《いぬ》くような鋭さで朔矢を見据える。

焦りと惑い、そして……千々に乱れる胸のうちをすべて見透かされてしまうようで、朔矢は胸苦しさにきつく眉を寄せる。

忘れられたなら。

彼とのことすべて……本当に忘れられたなら、これほど苦しい思いをすることなどなかった。

だが彼の態度一つ一つに敏感に反応し、揺らいでしまう胸のうちを知られるわけにはいかない。

——まさか男の身でイスハークをたぶらかすとは……もう二度と、息子を惑わせないでくれ。

「——……ッ」

国王の言葉が脳裏によみがえってきて。襲いくる苦しさに、朔矢は息を詰まらせた。

惑う朔矢をよそに、イスハークの手はさらに下り、袴の上から腰を撫で下ろしてくる。

「く……ッ」

このままでは、流されてしまう。

朔矢は快感に火照《ほて》る身体を奮い立たせ、イスハークの束縛から逃れようと勢いよく身をよじる。

そして反動をつけて彼の肩を押しのけると、わずかにできた隙間から、這うようにして彼の身体の下から抜け出した。

「うぁ……ッ」

だがすぐに後ろから押さえつけられ、再び床に引き倒される。

「諦めの悪いヤツだ。いいかげん観念しろ。足元もおぼつかない状態で、俺から逃げられるわけがないだろう」

イスハークは朔矢のあごをつかみ、強引に仰向けた顔を覗き込んだ。

「こんな発情しているのが丸分かりの、淫らに火照った顔をしているくせに……ふらふら出ていって他のやつらに見られたらどう言い訳するつもりだ？」

「……………ッ」

床に這わされ、「発情」などとまるで動物扱いするような言葉をぶつけられる。

自分が彼を拒み続ける限りしかたないことだとは思っていても、憤《いきどお》りとともに、どうしようもない哀しさが朔矢の胸に込み上げてくる。

「慰めないことには収まりがつかないだろう。こんなに昂《たか》ぶらせて……ここも、パンパンに張ってるぞ」

「うぁ……んん…ッ」

イスハークは袴の脇の開いた部分から中へと手をもぐり込ませると、下着をつけていない朔矢の固くしなった陰茎、そしてその下の双果を直接、まとめて握り込んできた。

「禁欲的な見た目のくせに隙だらけの服だな。簡単に侵入を赦す。まるで朔矢、お前みたいだ」

「ひぅ…ッ。や……いや、だ……触るな……っ」

そのまま昂ぶりを愛撫されると、苦しい想いも快楽の霧にかすみ、体内に渦巻く疼きのことしか考えられなくなる。それが恐ろしく、朔矢は身をよじらせ、かぶりを振った。

「こんなになっているくせに、まだ否定するつもりか」

イスハークは悪辣《あくらつ》に笑って言うと、さらに朔矢のものを愛撫する。そこはすでに熱くなって、淫らな蜜をにじませていた。

「やぁ…っ、これ…は……違う、んだ……あぁ……こんな……っ」

浅ましい己の欲望を揶揄《やゆ》され、朔矢の身体は恥辱と、それでもどうしようもなく込み上げる愉悦に熱く火照る。そんな恥知らずな自分の性をもてあまし、朔矢はただ羞恥に身を紅く染めて悶《もだ》えるしかない。

「そんな風に拒んでも男をそそるだけだぞ……それとも、分かっていてやっているのか…？」

朔矢の痴態《ちたい》に欲望をかきたてられたのを隠さず、イスハークは獰猛な声色で言って、袴を脱がそうとまさぐってきた。

「ッ……だ…駄目、だ…っ。あぁ…っ、やめ……」

必死に止めようとするが、巧みに下腹部を愛撫され、抵抗する力を奪われる。

そうしている間にもイスハークは探っているうちに構造を理解したのか、器用に腰紐を解き、袴を引き下ろした。

さらに道着の裾をめくり上げられ、下半身をあらわにされる。荒ぶったイスハークの前に双丘をさらされる恥辱と恐怖に、朔矢は身をよじらせる。

だが彼は抵抗を封じ込めるように、限界まで昂ぶった朔矢の陰茎の鈴口にきつく指を食い込ませ、もう片方の手で尖り切った乳首をキュ…ッとくびり出すようにしてつまみ上げた。

「んあっ、うぁ……んんッ！」

瞬間、朔矢の目の前が火花が散るように明滅《めいめつ》する。駆けめぐる強烈な刺激に、朔矢はたまらず身体を痙攣《けいれん》させせながら極まった。

「っ…、あぁ……」

イスハークの手が朔矢の陰茎を這い、ほとばしる白濁を残らず絞り取る。

「ずいぶんと出したな……」

朔矢の欲望を知らしめるように、イスハークはくちゅり…と淫靡《いんび》な音をさせながら、陰茎から
したたるぬめりをすべてぬぐい取った。
己の浅ましさを突き付けられ、あまりの羞恥に朔矢の身体が灼《や》けつくように熱くなる。
「やめ……そこは……んん…ッ」
イスハークは濡れた手をそのまま後ろへ回し、朔矢の双丘へと忍び込ませる。そして彼の指は
双丘の狭間《はざま》を割り、さらに奥、慎ましやかにすぼまった蕾《つぼみ》を探り当てた。
「ひあぁ……ッ」
朔矢が放った蜜に濡れた彼の指が、そのぬめりを借り、とうとう後孔の中へと入り込んでくる。
身体の奥に秘められた後孔を開かれ、白濁を塗りつけるようにして内壁を擦り上げられる。普
通ではあり得ないその感覚に、痺れるような強烈な違和感が走った。
「さすがに狭いな……まるで、初めての頃に戻ったみたいだ」
慎ましくすぼまった蕾の感触を確かめると、その貞淑《ていしゅく》さにイスハークはうっとりとした声色
で、感嘆の言葉を囁く。
九年間、誰にも触れさせることのなかった内部に異物が入り込んでくる感覚に怯え、朔矢は身
をすくめた。
「大丈夫だ……身体の力を抜け。お前を傷つけるようなことはしない」
彼は朔矢の強張った太ももを撫でながらそう囁き、ふところから繊細な細工のガラスの瓶を取

り出した。

「覚えてるか？　昔、お前の中を濡らすのに使っていた香油だ。――――これを使うととろとろになって、お前も、ここを責められるのが好きになっていっただろう」

そして瓶の蓋を開けると、おもむろに朔矢の双丘へとその中身をたらす。

「ぁ……」

とろりとぬめりを帯びて液体が肌を舐《な》めていく感触とともに、鼻孔をくすぐる甘く濃厚な香り。覚えのあるその感覚に、彼との官能にまみれた記憶がよみがえってきて。思わず朔矢の瞳が潤む。

「またじっくりと可愛がってやる。この慎ましやかな蕾が痛々しいほどに充血して、紅く熟《う》れるまで……」

イスハークは内奥へとぬめりを塗り込めながらそう言うと、肉食獣が舌なめずりするように、ちろりと舌先で唇をしめらせる。

その仕草の獰猛さとしたたるような雄のフェロモンに、朔矢の背がゾクリと粟立《あわだ》つ。

「あぅ…っ。ふ…ぁ……くぅ…んっ」

じわりとぬめりを馴染ませるように内壁をなぞられると、朔矢の身体から強張りが取れてきて。彼の指を受け入れ、熱くとろけていく。

「いい子だ……ほら、聞こえるだろう。美味《うま》そうに俺の指を飲み込んでいる音が……」

年下とは思えない大人の艶を持った声で、イスハークが甘い囁きを落とす。

「や…あぁ……」

恥ずかしい場所が香油と己の淫らな蜜に濡れた指をくわえ込み、くちゅくちゅと音を立てる。

そのあまりの屈辱に、朔矢は頬を染め、必死に首を振った。

だがそれと同時に、ゾクリ…と、身体の中を舐めるようにして這い上がってくる疼き。

「……っ、く…ぅ……」

覚えのあるその切ない感覚に、朔矢は胸を喘《あえ》がせる。

「ああ……熱いな。お前の中は……」

イスハークは朔矢の奥深くまでうずめた指をうごめかせると、低くかすれた声でそう囁いた。

「あ…ぁ……、い…言う、な……っ」

後孔にほどこされる愛撫とともに告げられる淫靡な言葉、そして彼の欲望のにじむ声に、朔矢の身体はどうしようもなく火照っていく。

「言葉にされるとますます感じやすくなるからか…?」

「んぁ…っ、くぅ……や、あぁ……」

内奥に埋め込まれた指の動きに呼応するように、朔矢の身体はビクビクと跳ね、イスハークの言葉を裏付けてしまう。

燃え尽きてしまいそうなほどの恥ずかしさと悔しさを感じながらも、それでも感じてしまう自分を止めることができない。

自分の感情を制御できない恐怖と、そんな理性をも食い破る勢いで込み上げる愉悦にさいなまれ、おかしくなってしまいそうだった。

「いやだと言いながらも、貪欲に食い締めてくるぞ。どうやら完全に思い出したようだな。俺を受け入れて悦《よろこ》んでいた時の感覚を」

「……ッ」

否定したくとも、口を開けば喘ぎが漏れてしまいそうで。朔矢はただ、彼を振り仰ぎ、見下ろしてくる傲岸《ごうがん》な相貌を睨むことしかできなかった。

「まあいい。身体に聞けば分かることだ」

そう言うとイスハークは、朔矢の尻たぶを大きく割り開き、奥で震える蕾を押し拡げる。

「あ…ぁ……」

常は触れられることのない粘膜が外気にさらされる恥辱に、朔矢の唇から消え入りそうな悲嘆が漏れる。

「いい眺めだ……凜とした衣装を剝《は》げば、こんなにも淫らな身体が隠れていることを、他の者は知っているのか…？」

「いや…だ……見る、な……ッ」

あらわになった秘所に突き刺さるような視線を感じ、朔矢は悲鳴を上げた。

獣じみた双眸から逃れようと身体をよじる。だがそのたびに、はだけた道着はさらに大きく乱れ、袴もくるぶし近くにまで脱げ落ちて、白い脚がますますあらわになっていく。

急所を責められて力が抜けた上に、鍛え上げられた強靭な筋肉に包まれた身体は重しのように伸し掛かり、朔矢がいくら暴れようともびくともしない。

「……そんな風に腰を振っても、物欲しそうに見えるだけだぞ」

かすかにうわずった声とともに、ゴクリ、と大きく息を呑むのが聞こえた。

そして続いて耳に飛び込んできた衣擦《きぬず》れの音のあと、双丘の狭間に押しつけられた熱い感触に、朔矢は弾かれたように彼を振り返る。

「イスハーク……それだけは……駄目、だ…ッ。頼む……やめてくれ……！」

これ以上してしまえば、取り返しがつかなくなる。

もう取り繕うことも強がることもできなくなって、朔矢はただ懸命に懇願した。

「駄目になれよ」

イスハークはさらに指で強引に後孔のふちを拡げ、彼のその猛った熱塊を、露出させた粘膜へと擦りつけてきた。

「そんな…っ。いやだ…ッ、やめ……！」

粘膜で感じるその逞しく熱い感触にゾクリとした疼きが這い上がって……。身体の奥から込み上げる欲望を、朔矢は首を振って打ち消し、両脚をきつく閉じて、必死に侵入を防ごうと力を込めて抵抗する。だが、

「無駄だ」

低く言い放つと、イスハークはその禍々《まがまが》しいほどにたぎった昂ぶりを一気に朔矢の中へとねじ込んだ。

「うあ…っ、んあぁ――…ッ!!」

あらがいもむなしく、とろけ切った蕾は灼熱の楔《くさび》に穿《うが》たれ、無理やりに花開かされる。

腫れぼったくなった肉襞をまくり上げるようにして、熟れきった中を擦り上げられる。その、苦痛と紙一重の強烈な快感に、朔矢は淫らに身をよじり、打ち震えた。

イスハークは自身の欲望を朔矢の最奥まで突き入れると、満足げな唸《うな》りを上げ、そして、

「意地も、しがらみも……なにもかもすべて壊してやる。俺のすべてで……」

そう言って、淫らに吸いついてくる粘膜の感触を味わうように腰を揺さぶった。

「んん…ぅっ、く…ぅ…ッ」

なんとか溺《おぼ》れまいともがく朔矢の顔を、イスハークは強引に振り向かせる。そして、

「やっと取り戻せたんだ。逃がすつもりはない――もう二度となご」

乱れ紅潮する朔矢の顔を金色に爛々《らんらん》と光る双眸で見つめながら、彼は厳《おごそ》かに言い渡した。

「あ…ぁ……」

イスハークの宣告に、絶望、そして被虐的な恍惚《こうこつ》を覚えて、朔矢の目の前が昏《くら》くかすむ。

過ちをもう二度と繰り返すまいと、必死に肉体だけではなく精神も鍛え上げたつもりだった。

だが彼の熱情を感じれば、それだけで簡単に押し殺していたはずの情欲がよみがえってしまう。

凜とした静寂と冷たく清浄な空気に満ちた夜の道場が、彼の発する熱気に引きずられ、あっという間に淫靡に濡れていくように、心が熱砂の国にいた頃の自分に戻っていく。

嵐のようなイスハークの淫虐《いんぎゃく》に、朔矢はもう、ただ翻弄されるしか術《すべ》はなかった――

1

朔矢がイスハークに出会ったのは、十四年前――朔矢がまだ十三才、イスハークが十一才の時だった。

建築家の父に連れられて、バシュヌーク王国に渡って二年目のことだ。

父が設計したリゾートホテルのお披露目《ひろめ》として、大々的に行われたパーティー。

なんでも保守的なこの国では中東以外の外国人を積極的に起用した事業というのは珍しいことらしく、王侯貴族をはじめとしたたくさんのセレブリティが集まり、父はとても張り切っていた。

だが、いい子でいることを義務付けられ、堅苦しい社交辞令ばかりの場は子供だった朔矢には退屈でしかなくて。ちょっと休もうと、こっそり会場を抜け出した時、同じようにうんざりした様子の少年がいたのだ。

彼は朔矢を見るなり、

「なんだ、迷子か？」

そう言うと、負けん気の強そうな凛々しい顔で見据えてきた。

「違うよ！　退屈だったからちょっとぶらぶらしてるだけだ」

自分と変わらないような年の彼に迷子扱いされて、朔矢はむきになって言い返す。すると少年は片眉を上げ、

「そうか、お前も抜け出した口か。……俺と同じだな」

ニッといたずらっぽく笑って、朔矢に手を差し出した。

共犯めいたやりとりになんだかくすぐったい気分になりながら、朔矢は少年に近づいてギュッと手を握る。

「俺はイスハーク。お前は？」

「朔矢。碓氷朔矢だよ。よろしく、イスハーク」

名前を呼びながら、朔矢は彼のその好奇心に満ちた顔を見やった。

いかにもアラブ人らしい褐色の肌と少し毛先のカールした硬そうな黒い髪。だが彼の華やかな顔の造りは、どこか周りの人々とは違って見えた。そしてなんといっても、今まで見たことのないような金を帯びた美しい碧色の瞳に、朔矢は思わず見惚れてしまった。

「すごい……綺麗《きれい》な目の色してるね。イスハークはひょっとして、ハーフかクォーター？」

だが朔矢が尋《たず》ねたとたん、少年はすごいまなざしで睨み、握り合った手を乱暴に振りほどくと、

「綺麗なもんか…！　バシュヌークの男は黒い目と決まってる。マジックで塗りつぶせるんなら、こんな目、塗りつぶしてやるところだ」

鋭く叫んで、忌々《いまいま》しげに顔をゆがめた。

朔矢はその剣幕に驚いて、呆然と少年を見つめる。

気まずい沈黙のあと、

「……ごめん」

朔矢がおずおずと謝る。すると、少年も言いすぎたと思ったのか「いや……こっちこそ、悪い」とようやく表情をやわらげてくれた。

ちょうど同じ年頃ということもあって、すぐに打ち解けた二人は、完成したばかりのホテルを探検してはしゃいだ。

だが、楽しい時間は長くは続かなかった。

――ホテルが火災に見舞われたのだ。

隠れて遊んでいたせいで大人たちとはぐれ、朔矢はイスハークと二人、逃げ遅れてしまった。

襲いくる炎と煙、そして混乱の中、朔矢は突然の災厄にただおろおろとうろたえた。だが、

「しっかりしろ…！　とにかく抜け出せる場所を見つけるんだ」

イスハークは子供とは思えないほどの勇敢さで、身につけていた礼服を朔矢にかぶせ、自分は頭布で口を覆うと、まっすぐに非常口を目指そうと言ったのだ。

イスハークは震える朔矢の手を取り「大丈夫だからな」と言って、強く握り締めてくれた。あの手のぬくもりは今も忘れられない。

彼に手を引かれ、非常口を探しながら、

「どうして君は、そんなに強くいられるんだ……?」

朔矢は自分が恥ずかしくなって、尋ねる。すると、

「砂漠の民、バシュヌークの男は勇猛で、なにより強くなければならない。だからだ」

イスハークは迷いなくそう答えた。

彼はクォーターで、そのせいでなにかにつけて腫れ物に触るような扱いを受けているらしい。だからこそ、自分は誰よりもバシュヌークの男としての誇りを貫かなければならないのだと。

確かに、バシュヌーク王国に来てから朔矢が見たのは、外から来た欧米人以外、ほとんど黒い瞳の人ばかりだった。

特に、服装も肌の色もいかにもアラブ系でありながら、欧米人の蒼い目ともまた違う、独特な瞳を持った彼はこの国では一際目立つに違いない。それでも、彼はこんな小さい身でそれを受け止めて、偏見を吹き飛ばすくらい強くあろうとしている。

そんなイスハークに励まされ、さっきまでパニックで頭が真っ白になっていたのが嘘のように

朔矢も気持ちを立て直すことができ、父に教えられたホテルの間取りを思い出して彼と協力して非常口を探した。

そしてとうとう非常口を見つけ、危険な区画からの脱出に成功した二人は互いに抱きつき、喜びを分かち合った。

「ありがとう…！　君は本当に勇猛な、本物の砂漠の男だよ」

朔矢が興奮してそう言うと、

「四分の一は違うけどな」

イスハークの身の上を聞いて朔矢が気を使っていると思ったのか、彼は苦い表情で笑った。違うのに。

本心から、言ったのだとどうしたら分かってもらえるのだろう。

話は終わりだとばかりに、イスハークはさっさと非常階段で人気のあるほうへと向かう。そんな彼を歯がゆい気持ちで追いかける朔矢の脳裏を、父親から聞いた話がよぎった。

「あのさ、十八金と二十四金の違いってなにか知ってる?」

「なんだよ、いきなり。高くていい金が二十四金で、そうじゃないのが十八金だろ」

おもむろに朔矢が尋ねると、イスハークはけげんそうな顔で答えた。

「値段はそうかもしれないけど……でも、本当は十八金のほうが強くて綺麗なんだよ」

「どういうことだ、それ」

朔矢の言葉に、彼は納得がいかない、というように首をかしげる。

「二十四金は混じりけのない純金。その純金に四分の一、銀や銅を加えると十八金になるんだ」

四分の一、つまりクォーター。

そこまで言うと彼も気づいたのか、ハッとした様子で目を見開いた。朔矢はうなずいて、彼の顔を覗き込む。

「うん。君みたいだろ？　金は取れる量が少ないから値段は高いけど、本当は金だけだとやわらかすぎて脆《もろ》いんだ。でも、金に四分の一、銀や銅を加えて十八金にすると、金よりも硬くて強い、色んな輝きを持った金属ができるんだって。――だから君はそのままで、きっと誰よりも強くて素敵な人になれるよ」

そう言った朔矢に、彼は面食らったように目をパチクリして、

「……お前、詳しいんだな」

小さな声でぼそりと言った。

なんだかキザなことを言ってしまったと、朔矢は恥ずかしくなってはにかむと、彼もまた照れくさそうに笑った。

そうして二人で手に手を取り合って、無事に逃げのびられたのだ。

イスハークを見つけた大人たちは、彼を取り囲むと泣き崩れんばかりに無事を喜び、安堵《あんど》の表情を浮かべた。その勢いに驚きながらも、彼がそれだけ大切にされているのだと、朔矢もうれし

くなった。

だがほっとしたのもつかの間。父の姿を探す朔矢は、ホテルの従業員から、火炎が燃えさかるホテルの中に父がまだ取り残されていると告げられた。

父を探しに行こうと慌てて再びホテルに飛び込もうとした朔矢を、イスハークが急いで後ろから抱きかかえて止めた。

イスハークや大人に押さえられたまま、朔矢は「離せ！」と叫びながら暴れ、泣きじゃくり、そのまま気を失って……。

病院で目覚めた時にはすでに丸二日が経《た》っていて、もう父は戻らぬ人になったと聞かされた。

父は自分が設計したホテルだからと、責任を取って最後まで他の人たちを助け、避難させていた。そのおかげもあってみんな無事に逃げられたらしい。……ただ一人、父をのぞいて。

父は激しくなる煙と炎に巻かれてひどい火傷を負い、助からなかった。

母を幼い頃に亡くし、父と二人暮らしだった朔矢は、異国で孤児となった。

ホテル火災の原因が父の設計に問題があったせいだと言われ、父が個人で経営していた設計事務所も、今回の火災の責任を取らされて借金をふくらませ、破産し、様々な人に迷惑をかけることになってしまった。

そんな事情を背負った朔矢を厄介がって、日本にいた親戚筋の人たちも誰一人朔矢を引き取ろうとしてはくれなかった。

自分が入院していた病院の費用さえ払うあてがなく、絶望の淵に立たされていた朔矢に、唯一手を差し伸べてくれたのが、イスハークだった。

「お前は俺の友達だ。絶対に助けてやる」

見舞いに来たイスハークがギュッと手を握り締め、そう言ってくれた時。ずっとつらく心細い思いをしていた朔矢は情けないと思いつつも、こらえ切れずポロポロと涙を零《こぼ》してしまった。

そしてイスハークは彼の父親を必死に説得したらしく、朔矢は彼の遊び相手兼従者として引き取られることになったのだった。

そしてイスハークが住んでいるという場所に連れてこられ、初めて彼の身分を知った。

――連れてこられたのは、バシュヌークの富を象徴すると言われる、国の中枢たる王宮。

目の当たりにする壮麗な王宮に、ただただうろたえるばかりの朔矢は、謁見《えっけん》の間に通された。

そして現れたイスハークの父、バシュヌーク国王は、険しい顔つきに恐ろしいほどの威厳と風格を持って、朔矢を見下ろしてきた。

「息子が火災に巻き込まれた時、支えになってくれたそうだな。感謝する」

国王は一通り謝辞を述べたあと、

「そなたのことは調べさせてもらった。父親が起こした不始末も、そなた自身の処遇も、我が息子イスハークに免じてすべてよいように取り計らってやろう」

そう切り出してきた。

父のことを持ち出され、悔しさと哀しさに朔矢は顔をゆがめる。

国王はそんな朔矢を見やり、そして、

「イスハークは大切な私の長男、私の跡を継いで次期国王となるべき者だ。従者になるというのであれば、よくよく心して仕《つか》えるように。――分かったな」

厳かな声で、おもむろにそう言い渡した。

国の中枢を担う重鎮《じゅうちん》たちが集う王宮に、朔矢のようなよそ者が入り込み、あまつさえ大事な王太子の傍《そば》に置かれるなど、本来なら考えられないことだったのだろう。王をはじめとして、周囲も朔矢をうさんくさいと思っている態度をあらわにした。

ことの重大さを知って身を縮める朔矢に、イスハークだけは変わることなく接してくれた。

朔矢が従者として慇懃《いんぎん》に振る舞おうとするたび、

「敬語なんか使うなよ。周りの言うことなんて無視しろ。お前は俺の友達として連れてきたんだからな」

イスハークが怒ったようにそう言ってくれるのが、うれしくて、くすぐったくて……。

なんとか彼の気持ちに応えたくて、朔矢は慣れない王宮で認められようと一所懸命頑張った。

大変なこともいっぱいあったけれど、それでもイスハークに友として、そして信頼される従者として仕える日々は本当に幸せだった。

だがそんな日々は、引き取られて四年経ったある日、突然、覆《くつがえ》されてしまった。

王宮の中に与えられた自分の寝所で夜、朔矢が眠っていた時のことだ。

ふと身体の上に伸し掛かる重みを感じて、朔矢が目を覚ますと、

「イス…ハーク……？」

暗がりの中、ランプのかすかな明かりに照らされたイスハークの顔が視界に飛び込んできた。

彼はいつの間にか朔矢の寝台にもぐり込み、間近でじっとこちらを見下ろしていたのだ。

そのただならぬ気配に、眠気でぼやけていた朔矢の意識が急速にクリアになる。すると――

「朔矢……」

「………ッ」

怖いほど真剣で、それでいて獲物を前にした肉食獣のような獰猛さを秘めた双眸に射すくめられ、朔矢は息を詰めた。

――イスハークが十三の誕生日を迎えた日を境に、彼の雰囲気はガラリと変わった。

やんちゃではつらつとした少年だったイスハークが急に大人びて、時折ドキリとするほどに男らしく色香ある表情をするようになったのだ。

手のかかる、けれどとても大切な弟のように思っていた彼の劇的な変化に、朔矢は戸惑うしか

なくて……。

そのあと流れてきた王宮の噂で、彼が女官を抱いたのだと知った。

誰よりも親しく傍にいたつもりだった。まだまだ年端もいかぬ少年だとばかり思っていた。

しかしイスハークは、自分の知らぬところですでに一足早く大人になっていたのだ。

二歳年上なのに恋もまだ知らない朔矢にとって、それは言葉にならないほどの衝撃だった。

その後もイスハークは手ほどきをする女官以外にも様々な女性と寝ているらしく、肌に残る情事の痕や移り香、そして華やかな噂が絶えることはなかった。

もともと端整な彼の顔立ちは、男くささが加わって、みるみるうちに精悍な大人の男のそれになっていった。

今、朔矢の目の前にあるのは、危ういほどの艶を帯びた『男』の貌《かお》をしたイスハークだった。

突然のことに固まる朔矢の寝間着の裾をめくり上げ、イスハークの手がもぐり込んでくる。

「よ…、よせ…ッ。寝ぼけてるのか？　夜這いなら、女性のところに行けよ……っ」

やわらかく肌を撫で上げられる感触に、今まで感じたことのない痺れが走って。怯えと混乱に、朔矢は思わずうわずった声を上げた。だが、

「寝ぼけてなんかいないさ――俺が抱きたいのは朔矢、お前だ」

イスハークはまっすぐに朔矢を見つめ、言い切る。

「本当はずっと……お前が、欲しかった」

その言葉の意味が理解できず、朔矢は呆然と彼を見上げた。

目の前にいるのは、すでに身体はそこらの大人に負けぬほどに逞しくなっていたとはいえ、まだ十五、子供といっていい年の少年で。

そして自分も、……まだ少しばかり線が細く頼りなく見えるかも知れないが、もう十七の立派な男だというのに。

「なに……言って……」

ようやくショックから少し立ち直り、朔矢はかすれた声を漏らした。

王宮に引き取られて以来、朔矢の人生から、平穏という文字は吹き飛んだ。

日本とはまったく違う文化に考え方、特に王族という特殊な階級社会の中では、今までの常識を覆されるような出来事ばかり起こって、朔矢は翻弄されるばかりだった。

いずれハレムで多くの妻を持つことになるバシュヌークの王族の男として、早いうちに女性を知っておくのは当然のことだと周囲から聞かされた時……親しい友でもある彼に置いていかれたような寂しさを感じながら、それでも、朔矢は自分の常識とは違うこの国の文化をなんとか理解しようと努めた。

だが――彼のこの告白は、さすがに理解の範囲を越えている。

「……落ち着くんだ、イスハーク。君は、ちょっと勘違いしてるんだよ。女の人を知って、好きって思う気持ちが欲情をともなうものだって思い込んでるんだ」

まだ少年の彼にとって、他人を抱くことで覚えた快楽は強烈なインパクトとして身体に刻まれてしまったのだろう。

きっとその記憶が強すぎたあまり、彼の朔矢に持ってくれていた友達としての情愛が、情欲にすり替わってしまったのに違いない。

年上の自分が、彼を正しい道に戻してやらなければ。

朔矢は必死に平静を装って彼を諭《さと》そうとした。だが、

「——ふざけるなよ」

腹の底から吐き出すような低く押し殺した声に、朔矢はハッとして顔を上げる。

凶暴に目をすがめたイスハークと視線が合ったと思った、次の瞬間。

「……っ!?」

彼がいきなり朔矢の寝間着に手をかけ、強引に脱がせようと襲いかかってきた。

不意の凶行にショックを受けながらもとっさに逃げようとする朔矢の上に、イスハークは容赦なく伸し掛かる。そして抵抗を押さえつけ、とうとう朔矢から寝間着を剝ぎ取った。

イスハークは、無理やり肌をあらわにされた姿で震える朔矢を強い視線で見下ろす。そして、

「分かるだろう……俺がお前に欲情しているのが。これでもまだ、勘違いなんて寝言を言うつもりか…？」

彼は欲望にかすれた声でそう言うと、すでに熱くたぎっている自身の昂ぶりを朔矢の腰にこす

りつけてきた。

「な……、イスハーク……！」

まさか。そう思っていた。

イスハークが女性を知ってしばらくした頃、彼の自分を見る目が変わったことに気づいた。

それまで朔矢は平気で裸になってイスハークの背中を流したり、彼の目の前で着替えていた。

だが、ふと強い視線を感じて振り向くと、なにかをこらえるように顔をしかめてこちらを見つめるイスハークの姿がある……そんなことが続いて、朔矢も徐々に彼を意識しはじめた。

彼の朔矢を見る目は日に日に熱っぽさを増し、やがて危険な光を帯びるようになった。

そんなイスハークに、朔矢は心の片隅で怯えを感じていた。けれど……。

イスハークが自分などにそういった欲を向けるなどありえない。あまりに失礼な想像だと、可能性を必死で否定してきた。

けれどこれ以上ごまかしようのない、生々しい彼の欲望の証《あかし》を突きつけられ、朔矢の背に戦慄が走る。

「ッ……やめ…ろっ。イスハーク、私を女と同じ扱いにするつもりか…っ？」

昂ぶった欲望を押しつけてくる彼から逃れようと、朔矢は必死に身体をよじり、叫んだ。

彼は、本気で自分のことを欲望のはけ口にしようとしているのだろうか。

知らない顔ばかり見せるイスハークが恐ろしくて。今まで彼と築いてきた友情と信頼。朔矢にとって特別だったそれらすべてが、女性と覚えた肉欲に負けてしまうような薄っぺらなものだったのかと思うと、裏切られたようで、哀しくて……。

「まだ女も知らないお前になにが分かる」

クッと皮肉な笑みを浮かべて言われ、朔矢は悔しさに目じりを染め、彼を睨みつけた。

イスハークは朔矢のあごを乱暴につかむと、そのまま顔を近づけてくる。

「いやだ……ッ」

朔矢はありったけの力を込め、イスハークを突き飛ばす。次の瞬間、

「……ッ、……」

つらそうなうめき声を漏らし、イスハークは朔矢の胸に突っ伏した。

「イ…、イスハーク……？」

当たりどころが悪かったのだろうか。

ただごとではなさそうなイスハークの様子に、朔矢は慌てて身を起こし、彼の顔を覗き込む。

すると、朔矢の目に飛び込んできたのは――――先ほどまでの傲慢《ごうまん》なセリフとはかけ離れた、悲壮なほどに思い詰めた彼の顔で……。

「……俺が、迷わなかったとでも思ってるのか……？」

苦悩に満ちた声で、そう問いかけてくる。

「朔矢が、男だってことくらいいやってほど分かってる……そのうえ、大切な俺の親友で……」

切なげに眉を寄せて朔矢を見つめると、彼は言葉を詰まらせた。

彼もまた、自分のことを同じように大事に想ってくれていた。そう確信して、なのになぜ、という戸惑いとうれしさが複雑に入り交じって、朔矢の胸が詰まる。

「でも、どんな女を抱いても満たされなかった。女を抱くたびに、朔矢、お前のことばかり頭に浮かんできて……俺が本当に望んでいるのはお前なんだと思い知らされた」

「……イス…ハーク……」

苦しそうに心情を吐露《とろ》するイスハーク。その内容に衝撃を受け、朔矢は息を呑む。

深夜、部屋に二人きりという状況で、重なるイスハークの体温をいやでも意識してしまい、朔矢の心臓は痛いほど脈打つ。

イスハークは逃がすまいとするように、強張る朔矢の肩を引き寄せる。そして、

「好き…なんだ……っ」

そう告白した彼に、朔矢の心臓がわしづかみにされたように軋《きし》んだ。

小さい頃、無邪気に告げられた言葉とはまったく違う。

切りつけられるような痛みさえともなって、その言葉は重く伸し掛かり、朔矢の胸の奥底に深く刻まれる。

「お前を見ているだけで、苦しくて……欲しくて、おかしくなりそうだ……ッ」

「……イスハーク……」

泣くのをこらえるように顔をゆがめるイスハークが、出会った頃の彼に重なって。

朔矢は混乱しながらも、必死に自分へと伸ばしてくる彼の腕を、突き放せなくなる。

「お前を、誰にも渡したくないんだ……どうか、俺のものになってくれ、朔矢……」

イスハークの情熱にからめとられ、朔矢は身じろぎすらできずにただ、胸を喘がせた。

「朔矢……朔矢……っ」

怯えを残しながらも抵抗をやめた朔矢に、イスハークはたまらなくなった様子で伸し掛かり、無防備な身体を貪ってきた。

悲痛なほどの彼の訴えに胸がかき乱され、まともな判断ができないまま……朔矢は自分を求めてくる彼を受け入れたのだ。


「あ……ぁ……」

イスハークによって香油を塗り込められたうえに舌や指でほぐされ、とろとろになるほど濡らされた後孔は、恥ずかしいほどに淫らな音を立てて、彼の愛撫を受け入れていた。

情交の生々しさにはどうしても慣れることができず、いたたまれなさに朔矢は身をすくめる。

一度身体を重ねて以来、イスハークはそれまで我慢していた分、堰《せき》を切ったかのように朔矢を求めるようになっていた。

頃合とみたのか、彼は朔矢の後孔から指を抜くと、腰を抱え上げた。

脚を大きく広げられ、熱く猛ったイスハークの欲望が双丘の狭間に押しつけられ……緊張と怯えが朔矢を襲う。

「んん…ッ。く、ぅ……っ」

念入りな愛撫によってとろかされていても、舌や指とは比べものにならない質量と熱を持った昂ぶりに押し拡げられると、やはり後孔は強烈な違和感と、引きつれるような痛みを覚えた。

「大丈夫、か……?」

苦痛に強張った朔矢の頰をそっと撫で、イスハークが心配そうに問いかけてくる。

「ぁ……」

きつく寄せた眉とかすれた声は、彼がどれだけ苦労して自分の身体の中に渦巻く獰猛な衝動を抑え込んでいるかを物語っていた。

それでも自分の欲望を押し殺し、朔矢の身体を気遣ってくれる。そんな彼の優しさに、朔矢の胸は甘く疼く。

最初の時、結局うまく彼を受け入れることができず、あまりの恥ずかしさと苦痛に、泣きながらやめて欲しいと懇願した。

イスハークはつらそうにしながらも、最後までするのは諦めてくれた。

やはり男の身でイスハークを女性と同じように受け入れるのは無理だったのだと、朔矢はいたたまれない思いにさいなまれつつも、もうこれで彼も目が覚めただろうとどこか寂しさを感じながらも安堵した。

だがイスハークは、「お前に触れるだけでいい」と言って、朔矢を抱き締めたのだ。

彼のまっすぐな気持ちに、朔矢は戸惑いながらもうれしいと思う気持ちを抑えられなくて……。

抱き合うたび、イスハークによって与えられる丁寧な愛撫と情熱に、朔矢のかたくなだった身体も、蕾がほころぶように徐々にやわらかくほどけていった。

「イス…ハーク……平…気、だから……」

身体を暴かれる怖さをなかなか乗り越えられず、彼を何度も我慢させている。

それでも辛抱強く待ってくれるイスハークの真心に、身体だけではなく、いつしか心も彼に応えたいと求めるようになっていた。

探るように見つめてくるイスハークに、朔矢は苦しさを押し殺して微笑む。

彼は意を決した様子で顔を引き締めると、朔矢の頬にくちづけて、慎重に腰を進めていった。

「くぅ……う、ぁ……ん…っ」

つい緊張して力んでしまう朔矢をなだめるように、髪を撫でたり脚をさすったりしながら、イスハークはゆっくりと昂ぶりを沈み込ませていく。

「――――…ッ」

そして腰を揺さぶるようにして、とうとう朔矢の内奥にイスハークの昂ぶりのすべてを収めきることができた瞬間、二人の唇から、熱い吐息が零れ落ちた。

「すごい、な……朔矢が俺を受け入れて……夢、のようだ……」

イスハークが感極まったようにかすれた声で囁いて、朔矢の身体をかき抱く。

内部にじわりと疼くような痛みとともに、熱く息づく彼の存在を感じて……。

――ようやく、彼を受け入れられた。

そう実感したとたん、熱いものが朔矢の瞳からあふれ出て、頬を濡らした。

「大切にする……朔矢……」

イスハークはそう言って、朔矢にくちづけてきた。

朔矢の中に、今までに感じたことのなかった感情があふれ出してきて……。

彼の熱い腕の中で、朔矢はその未知の感情に怯えながらも、必死にその背にすがりついた。


――それからは、少しでも時間があれば二人、数え切れぬほどキスを繰り返して、身体のいたるところに触れ合い、身体をつなげた。

なんの身分もない、しかも男の朔矢との関係など、イスハークにとって害になるばかりだ。誰かに知られて取り返しのつかないことになる前に、少しでも早くやめさせなければいけない。

……それは痛いほど、分かっていた。

けれど人目を忍んでの秘めごとは、快感に目覚めたばかりの朔矢にとってあまりに刺激的で。いけないと思う理性もイスハークの熱い腕に抱かれればぐずぐずに溶けてしまい、彼に与えられる愉悦にただ溺れた。

だが、関係を続けて一年後。自堕落に愛欲にまみれた日々を過ごしていた朔矢に、罰が下ることになる。

よりによって一番知られてはいけない人――国王に、イスハークとの情事を見られてしまったのだ。

「……まさか男の身で、イスハークをたぶらかすとは……っ」

呼び出された朔矢は国王に恫喝《どうかつ》された時、全身から血の気が引き、危うく倒れてしまいそうになった。

「こんな関係を他の者に知られたらどうなると思っている…？　ただでさえお前の父が起こした火災をきっかけに、イスハークへの不満が高まっていったというのに……」

「父のことが…なぜ、イスハーク殿下に……」

震える声で、朔矢が問う。そして返されたのは、

「純粋なアラブの血統をよしとする保守的な我が国で、西洋の血が混じったイスハークに対して、風当たりがきついのは知っておるだろう。そんな中、お前の父親が起こした災厄で、外国人に対する目がさらに厳しくなった。そのうえ、元凶の息子であるお前を連れてきたイスハークの行動

を非難する者もいるのだ……ワシの手前、表立って言うものはいないが」

父と自分のせいで、イスハークにとんでもない迷惑をかけている——という、衝撃の告白。

あまりにつらい事実を突きつけられて、朔矢は申し訳なさにいっそ消えてしまいたいと願い、ただ身をすくめるしかなかった。

なによりも痛かったのは、

「だが、ワシはイスハークには王としてふさわしい資質と才覚があると思っている。だからこそ、息子に王としてふさわしい道を歩んで欲しいのだ……お前はイスハークの、消えない汚点になるつもりか」

子を思う親としての、国王の言葉だった。

国王が、勇敢で才気あるイスハークに期待して、目をかけていることは知っている。

火災で助けてくれたのも、行き場のない自分が不自由なく暮らせるように手配してくれたのも、王宮で居場所を作ってくれたのも……すべてイスハークだった。

そして国王も、本来なら王宮に足を踏み入れることもできない身分の朔矢を引き取って、後見人になってくれた。

そんな人に恩を仇《あだ》で返す真似をしてしまったのだと、朔矢は自分の犯してしまった罪の大きさに押しつぶされそうだった。

いくらイスハークのほうから求めてきたのだとしても、年上であり、彼の世話を任された自分に責任がある。

最後まで毅然《きぜん》と拒否するべきだった。流されたあげく、溺れてしまうなど、あってはならないことだったのだ。

「これ以上イスハークに会うことも、この国に留まることも赦さん。もう二度と、息子を惑わせないでくれ。――分かったな」

国王の言葉を背に、朔矢はその足で飛行機に乗ってバシュヌークを出た。

無一文で叩き出されてもしかたないと思っていたのに、国王は朔矢が日本で暮らすための保証人と資金を与えてくれた。それがたとえ、イスハークへの未練を残さないようにするための手切れ金と監視のためだったとしても、未成年で頼るあてのない朔矢にとってありがたいことに違いはなかった。

そして日本に戻った朔矢は、なるべく王からいただいた資金には手をつけたくなくて、昔、剣道を習っていた道場を訪ね、無理を言って住み込みで働かせてもらうことにした。

そして国王の言葉を胸に刻み込み、朔矢は二度と過ちを繰り返さないよう、弱い心を鍛え直すためにただひたすら鍛錬に打ち込んだ。

だが、再びイスハークが目の前に現れてしまった。

イスハークのその熱い腕に抱かれた瞬間から、朔矢は再び平穏な日々が音を立てて崩れていくのを感じていた――

2

中東特有の突き刺さるような強烈な日差しと、乾いた熱風にさらされ、朔矢は目を細めた。

――帰ってきた…んだ。

もう二度と、戻ることはないと思っていたこの場所に……。

いきなり現れたイスハークは思うさま朔矢を貪ったあげく、無理やり表に待たせていた車へ乗せ、拉致《らち》同然に道場から連れ去ったのだ。

もちろん強引なやり方に抵抗したし「道場を放り出して行くことはできない」と訴えた。だが、「俺の前からはなにも言わずに逃げ出したくせにか？」

そう言われてしまえば、朔矢に返す言葉はない。

挨拶《あいさつ》をする間もなく出て行くことに胸が痛んだが、自分が拒むことで余計に世話になった人たちに迷惑をかけるかもしれない。そう思うと、これ以上抵抗することはできなかった。

今騒いでも無駄なことだと悟って、朔矢は抵抗を諦めるしかなかったのだ。

そして日本から専用ジェット機で十時間近くかけて着いた先、バシュヌークの首都ブルワーン。

その中心にそびえ立つ、バシュヌーク王国の中枢である王宮へと、朔矢はイスハークとともに護衛つきのリムジンに乗せられ、連れていかれた。

バシュヌークは決して大きくはないが伝統のある国で、石油や天然ガスなどの資源が豊富で財政は潤っている。

砂漠の富の象徴である水と緑。王宮の庭には、泉水《せんすい》が惜しげなく湧きあふれ、様々な花木が植えられて、この国の豊かさを物語っていた。

独特のドームと尖塔が組み合わさった、どっしりとした建物は威厳に満ちあふれ、変わらぬ存在感で朔矢を圧倒する。

象嵌《ぞうがん》細工のほどこされた大理石のファサードには、透かし模様の入った円形の窓が並ぶ。傾きかけた夕暮れの空をバックに、明かりのともりはじめた壮麗な王宮が浮かび上がっていた。

――九年前まで自分がここに住んでいたなんて、嘘みたいだ……。

西日に赤く染まる白亜の王宮。絵物語のようなその幻想的な眺めに、朔矢はため息を零した。出て行ったのも突然なら、帰ってきたのも突然で。自分が今ここにいることさえ、現実味が持てないままだった。

リムジンが正面玄関の車寄せに着き、うやうやしく開かれたドアから、イスハークが降り立つ。うながされ、朔矢もそのあとに続いた。

「お帰りなさいませ、殿下」

使用人たちが顔を伏せ、慇懃に挨拶して出迎える中、一人の青年が進み出てきた。

「留守の間も細やかな報告ごくろうだった、ウマル。この忙しい時に予定を一日空けろなどと、お前には無理を言ったな」

「もったいないお言葉でございます…！　この程度、殿下の傍仕えとして当然のことでございますので、無理などとととんでもない。ご遠慮なさらずお申しつけくださいませ」

イスハークの言葉がよほどうれしかったのだろう。ウマルと呼ばれた青年は目を輝かせ、意気込んで応えた。

イスハークはどんな立場の人物だろうが、働いた者に対するねぎらいの言葉を忘れることはない。そんな彼の心遣いが、仕える者にとってどれだけ支えになるか、朔矢は知っている。

だが今は、自分がいた場所に別の人が収まっている。

そう思った瞬間、朔矢の胸がちりりと痛んだ。

「それに、殿下じきじきにお呼び寄せになったのですから、よほど重要な方なのでしょう。以前、殿下の傍仕えとして大変素晴らしい働きをしていた方だと聞き及んでおります」

ウマルもまた、朔矢が気になるのだろう。イスハークの少し後ろにいる朔矢をチラリと見やりつつ言う。

「ああ。――碓氷朔矢だ。九年前までここで俺の傍仕えとして働いていたとはいえ、以前とはだいぶ勝手は違っているだろうからな。色々と教えてやって欲しい」

そう言うとイスハークは振り返り、大きな手で朔矢の肩を抱き寄せた。

ビク…ッと肩をはね上げた朔矢を、彼はじっと見下ろしてくる。

「だが、俺とこいつとは傍仕えなどという立場を超え、仲睦まじく付き合ってきた。それをよくよく頭に入れて接するように。――――分かったな」

そう語った彼の瞳は物言いたげに細められ、危うい熱をもって朔矢を見つめていた。

覚えのある疼きが身体の芯から湧き上がりそうになって、朔矢は眉を寄せた。

――――もう、絶対に流されてはいけない。

朔矢は下腹にグッと力を入れる。そして、

「……はい。恐れながら、殿下には昔、親しくお付き合いしていただいておりました――――まるで兄弟のように」

『兄弟のように』をことさら強調し、朔矢は毅然とそう言い切ると、挑むように彼を見返した。

「――――そうか。兄弟のようにな……」

そう言ったイスハークの目に、蒼白く燃えさかる焔《ほむら》が見えた気がして、朔矢はヒュ…ッと息を詰める。

自分が犯した不義理で理不尽な行為によって朔矢自身、傷を背負った。

彼を突き放そうとするたび、その傷をこじ開けられたように胸がズキリと鋭く痛む。

だがイスハークに罵《ののし》られることも、冷たい目で見られることも、すべて覚悟していたことだ。

……ここで怯むわけにはいかない。

「本当に兄弟のようだったというならば、その堅苦しい言葉遣いは改めろ。口先だけで調子のいいことを言っておいて、水くさい態度を取られるのは不愉快だ」

「……分かった」

イスハークを崇拝しているのが分かるウマルたちの前で、あえて分不相応な馴《な》れ馴《な》れしい態度を取るのは、ひどく勇気がいった。

だが覚悟を決め、朔矢はイスハークをまっすぐに見上げると、

「言葉に甘えて一つ、頼みたいんだが……アクラム国王の容体を、どうか確かめさせて欲しい」

友として傍にいた頃のようにくだけた口調で、そう願い出た。

国王が倒れたことを聞かされた時から、ずっと心配だった。後見人となってくれた恩ある人だったし、なにより、一度王宮を出た朔矢がここに戻ってくることを果たして彼が本当に承知しているのか……それを確かめたい。

――――父は執務の途中で倒れた。俺が、今のバシュヌークの全権を握っている。

イスハークはそう言っていたが、いくら王太子といえども、この国で王は絶対の存在だ。その国王たる父親に逆らってまで、朔矢を置くのは不可能なはず。

互いを試すように絡み合うイスハークと朔矢の視線の間に、二人にしか見えぬ火花が散る。

「いいだろう。ウマル、お前は先に戻って準備を進めておいてくれ」

「かしこまりました。ですが、あの……その前に朔矢さまのお召物……一度着替えられたほうがよろしいのではないでしょうか」

ウマルは朔矢の道着を見やり、おずおずと申し出た。

使い古した道着は、お世辞にも綺麗だとは言いがたい。そのうえ、イスハークに手荒く扱われたせいで上着の紐が切れて今にもはだけそうなのを手で押さえている有様なのだ。

国王に謁見するというのに、その格好はあまりにみすぼらしく、失礼にあたるのでは、と心配しているのだろう。

「ああ……ちょっと訳ありでな。気にしなくていい」

ウマルの進言に、イスハークは苦く頬をゆがめて笑う。

イスハークは服を用意して着替えさせようとしたのだが、朔矢は頑として断ったのだ。

イスハークから服を受け取ったりして下手に期待させたくなかったし、無駄に借りを作りたくなかった。

自分がこの国に戻ってくるなど国王が赦すはずがない。そう考えていたから、こんなに簡単に王との謁見が果たせるとは思ってもいなかったのだ。

こんな姿を国王に見られたりしたらどんな風に思われてしまうか……考えただけで恐ろしい。

意地を張らずに着替えればよかったかと、後悔の気持ちがよぎる。

「二人で父に会いに行こう――――仲睦まじい兄弟のように、な」

クッと口角を上げてそう言うと、イスハークは朔矢の肩を抱く腕に力を込めた。

触れてくる彼の手を痛いほどに意識しながら、それでも『兄弟のように』と言ってしまった手前、拒むこともできない。

そして本当に仲のよい兄弟のように肩を寄せ合い、王宮の長い回廊を歩く。

――まるで、狸《たぬき》と狐《きつね》の化かし合いだ。

密着した身体からじわりと伝わってくる彼の熱。それに呑み込まれないようにと、朔矢は身を固くしながら、気づかれぬようにそっと震える息をついた。


イスハークに案内されたのは、王宮の離れの棟、しかもその中でもずいぶん奥まった場所にある部屋だった。

「ここに……国王が?」

寂しいほどに静まり返ったこの場所に、朔矢は驚きを隠せなかった。

朔矢の記憶では、国王はバシュヌークの象徴として、王宮の中心、もっとも広く豪奢な装飾品に彩《いろど》られたフロアを独占していたのに。

「ああ。父上の倒れた原因はストレスと過労らしくてな。命に別状はないんだが、しばらくは静かな環境で休養を取ったほうがいいと言われたんだ」

イスハークの言葉に、朔矢はギクリと身を固くした。

自分の存在も、国王の大きなストレスの一つになっていたのかもしれない。そう思い至って。

「……頼む。いいかげん手を放してくれないか」

朔矢は国王に見られることを恐れ、肩を抱いたままのイスハークに懇願した。だが、

「――なにをそんなに意識している？　このくらいのスキンシップ、親しい仲ならばよくあることだ」

まったく悪びれることなく言って、さらに肩を引き寄せてきた彼に、朔矢は唇を噛む。

知らないから、そんなことが言えるのだ。

病床の国王をこれ以上、刺激したくはないのに……。

そんな朔矢の思いとは裏腹に、イスハークは入室の合図のあと、おもむろに扉を開いた。

「失礼します。父上、お加減はいかがですか」

「ああ、だいぶよくなって……」

イスハークの声かけに、ベッドに横たわっていた国王は上半身を起こし、振り向く。

だがイスハークに肩を抱かれ、ピッタリと寄り添う朔矢を見たとたん、国王の顔が強張った。

「どうしました。私の傍仕えだった碓氷朔矢ですよ。九年前とそれほど変わっていないので、分かると思っていたのですが」

国王の態度に、イスハークはいぶかしげに片眉を上げる。

「ああ、そうだった……久しぶりだな。朔矢」

国王は咳払いしたあと、かすれた声で言い繕う。その態度を見て、朔矢には国王の動揺が痛いほど分かった。

「ご無沙汰《ぶさた》しております、国王陛下……。ひとかたならぬご恩情をいただいておりましたのに、不義理をして申し訳ありません」

応える朔矢の声も、震える。

朔矢の言う不義理とは、なにも言わず飛び出して、今まで寄り付きもしなかったことではない。

――むしろ、ここに戻ってきてしまったことこそが、国王への大きな裏切りだった。

きっと、「なにをしに来た」と冷たく言い放たれるに違いない……そう思っていたのに。

「いや……ワシはごらんの有様でな。一度出て行ったお前にこんなことを頼むのは、自分でも虫がいいと思うが……どうかイスハークを支えてやって欲しい」

国王の口から出た思いがけない言葉に、朔矢は大きく目を見開く。

朔矢に出て行くように言い渡したことを、国王は負い目に感じているのだろうか。

そして……イスハークが朔矢を呼び戻すことに賛成したというのか。

信じられない思いで見つめる朔矢から目を逸《そ》らし、国王はつらそうに顔をゆがめた。

昔は怖いほどの威圧感を持った人だったのに。

久しぶりに会った国王は、なんだか小さくなったように見えて、朔矢は戸惑う。

気まずい沈黙を続ける二人を見かねたのか、イスハークが口を開く。

「今、この国を挙げての大きな事業を控えていてな。新たに広く手を結ぶ国も増えて、色々と問題も起こっているんだ。俺が無事やり遂げるために、朔矢、お前の力が必要だ」

力強く言う彼に、国王はうなずいた。

「情けない話だが、倒れた私に代わってイスハークが国政を治めてくれている。いまやこやつがいなければ、なにも進まない状態なのだ」

そこまで言って、一度言葉を途切れさせ……だが、国王は決心したように眉をきつく寄せ、顔を上げた。

その思い詰めた表情に、朔矢の胸に言いようもない不安が広がる。

そして張り詰めた空気の中、彼は重々しく宣告した。

「イスハークが次代の王として地盤を固めるためにも、今進めている事業を成功させ、さらに姫をめとらねばならぬ。そのために、広くからふさわしい子女が集まってきておるのだ。息子がよき妻を選ぶためにも朔矢、お前がサポートしてやって欲しい」

――と。

国王との謁見が終わったあと。イスハークにうながされ、朔矢は部屋を辞した。

頭の中で、さっきまでの国王とのやり取りばかりがリフレインする。

――息子がよき妻を選ぶためにも朔矢、お前がサポートしてやって欲しい。

国王に突きつけられた言葉が脳裏によみがえるたび、朔矢の胸が鋭く痛んだ。

国王は、朔矢を試そうとしている。

本当に朔矢がイスハークとのことをふっきれているかどうか。そして……これから先、国王としての道をゆこうとしているイスハークの邪魔をするようなことがないかどうか。

黙って歩くイスハークの横顔を、そっと見上げる。

彼は特に表情を変えることもなく、国王の言葉を静かに受け止めていた。

日本では特に小柄だと思ったことはなかったが、イスハークと比べると、朔矢の背丈はいまや、彼のあごの先にようやく届くかというほどしかない。

彼と離れて九年。その間にこれほどまでに差が開いてしまったのかと思うと、朔矢の中に切なさとも寂しさともつかぬ、複雑な感情が込み上げてくる。

次期国王として背負った重責のせいで、変わらざるを得なかったのだろうか。

朔矢の知らない表情をするようになった彼の横顔を見つめていると胸が詰まって。朔矢はこらえ切れずうつむく。

いったい、イスハークはなにを考えているのだろう。

こんな、どう考えても最悪のタイミングで、朔矢をまたこの国に連れ戻すなんて――

分からない気持ちの在りかを探ろうとして、朔矢が彼を横目で盗み見ていた時。

「穴が空いてしまいそうだな。そこまでじっと見られていると」

そう言って意味ありげに笑うと、イスハークは朔矢へと視線をよこした。

「ッ……！」

気づかれていたことを知って、朔矢は慌てて顔を背け、離れようとする。

「こら、どこに行こうとしてる。もう今日は休むぞ」

だがイスハークは朔矢の肩をつかんで引きとめた。

その言葉にギョッとして、朔矢が振り返る。

するとすぐ先の通路には、ウマルが待ち構えていた。彼はうやうやしくドアを開けると、

「どうぞ。朔矢さまのお召し物と、バスの準備はできておりますので、ごゆっくりと旅の疲れを癒してくださいませ」

そう言って、部屋へと二人をうながす。

イスハークが朔矢を連れて中に入ると、ウマルは後に続くことなく、ドアを閉めた。

「……なんのつもりだ。これは」

大理石張りの床の部屋の奥には、ガラス張りの扉があり、曇ったガラス越しに広い浴場が透け

て見える。

そんな場所に二人きりにされたのだと意識すれば、どうしても警戒せずにはいられなかった。

「これから、お前はまた俺の傍仕えをするんだ。それにふさわしい姿になってもらわねばならん。その服も風情《ふぜい》はあるが、いつまでもぼろを着せていては俺の沽券《こけん》にかかわるからな」

「な……」

ほつれた道着をつかんで言うイスハークに、朔矢は硬直する。

「父に会って納得しただろう？　お前が戻ってくるのになんの支障もないということをな」

「ッ……よくもそんなことを言えるな……！」

朔矢は叫びざま、勢いよく腕を振って彼の手を払い落とす。

平然と言うイスハークが信じられなかった。

納得？　なんの支障もない？　――悪い冗談だ。

彼がもうじき妻をめとる身だと聞かされたばかりだというのに。

「なぜ？」

「なぜって、それは……」

だが改めて問われると、言い返せない。

イスハークが妻をめとるから……だから、なんだというのだろう。

朔矢は、国王に「姫をめとるイスハークの手助けをするように」と言われたばかりで。それに対して、よく覚えてはいないが、「承知しました」とかそういうことを答えた気がする。

そんな二人がこうして傍にいることに、なんの問題があるというのか。

……二人きりで結んだ、もっとも罪深く、不自然な関係を除いては。

だがそれを口にすれば、朔矢が一番恐れている方向へと空気が変わってしまいそうで……言うことはできなかった。

うつむいて押し黙った朔矢を見やると、イスハークは、

「議論はあとだ。とにかくまずは湯につかりたい。ずいぶんと汗をかいたんでな……久しぶりにお前に身体を洗ってもらおう」

言いざま、頭布を取り、礼服を脱ぎ捨てた。

その言葉に、朔矢は身体を強張らせる。すると、

「どうした。昔、よく一緒に入って背中を流してくれただろう？　兄弟のように、仲よく」

朔矢が言った『兄弟のように』というフレーズを持ち出して、イスハークは挑発的なまなざしで見つめてきた。

彼を牽制《けんせい》するために言った言葉が、逆に朔矢を追い詰めていく。

変に意識しているのはそっちだと言わんばかりのイスハークの態度に、朔矢はギュッときつくこぶしを握り締めた。

――イスハークがそのつもりならば、自分もなに食わぬ顔で昔のように振る舞うまでだ。

なにも知らない、親友同士だった頃のように。

「分かった」

危うい言葉で煽ってくる彼の思う壺にははまるまいと、朔矢は意地でそう応え、以前していたようにイスハークの脱ぎ落とした服を拾い、綺麗にたたむ。

そんな朔矢に小さく微笑い、イスハークは次々に無造作に服を脱ぎ落としながら、ガラスの扉を押し開き、浴場へと進んでいった。

なるべくイスハークの身体を見ないようにしながらかき集めた彼の服を全部たたんで脱衣カゴに入れる。

そして悩んだあげく結局、朔矢は着衣のまま、備えつけられた湯浴《ゆあ》みのための用具の入ったカゴを持ってあとを追った。

「なんだ。服を着たまま風呂に入るつもりか?」

いまだに道着をつけたままの朔矢を見て、彼は予想どおりそう言ってからかってきた。

「主君の背を流すのに、着衣のまま入るのは当然だろう。もう、子供ではないのだからな」

だが目線を逸らせたまま朔矢はそっけなくそう言うと、椅子を差し出して座るようにうながす。

彼はかすかに片眉を上げたが、それ以上はなにも言わず、背を向けて椅子に腰かけた。

イスハークの視線から逃れられたことにホッとして、朔矢は道着のそでと袴をまくり上げると彼の背後に膝をつく。そして「洗うぞ」と声をかけ、よく泡立てたタオルで褐色の大きな背をこすっていった。

その首から腰にかけての隆々とした、それでいて無駄のない美しい身体のラインと、上背のある均整の取れたスタイル。

タオル越しに感じる筋肉は昔のしなやかな張りとはまた違う、みっしりとした重みすら感じる。

本当に、逞しくなった……。

思い掛けぬ再会で奪われるようにして身体を重ねたあの時にも感じたことだが、こんな風にじっくり触ると余計にそう感じる。

見事に鍛えられた裸身を間近にして覚える、同じ男としての羨望《せんぼう》と悔しさ、そして……。

——駄目だ、考えるな…ッ。

気を抜くと、この身体の重みや体温まで思い出しそうになって。朔矢は歯を食いしばり、腰にわだかまりそうになる疼きをこらえる。

「おい」

いぶかしげな声とともに突然振り返ったイスハークに、朔矢は焦って危うく手からタオルを落としそうになった。

「いつまで背中ばかり洗っているつもりだ?」

そう言ってイスハークは朔矢へと向き直り、堂々と前をさらす。

「……ッ」

一瞬目に入った下腹部に朔矢は息を呑み、急いで視線を逸らした。

「さあ、早く」

イスハークは不敵な笑みを浮かべて急《せ》かしてくる。

朔矢は意地で怯みそうな気持ちをねじ伏せ、彼の脚の間にひざまずくと、なるべく見ないようにして身体をこすっていく。

「ッ……」

脇腹から腰にかけてタオルを這わせていると、耳元でイスハークの息を詰める声がして。鼓膜をくすぐるその悩ましい響きに、朔矢は思わずビクリと肩を震わせた。

手探りでまさぐっていると、余計に彼の四肢をありありと感じる。

胸から腹、そして足先まで、朔矢が身体をこするたびに心地よさそうに漏らす彼の吐息や、かすかに上下する胸の動きが徐々に速く、荒くなっている気がする……。

彼の欲望の気配を感じ取って、朔矢の胸が妖《あや》しくざわめく。

朔矢は干上がりそうな喉をなだめるために、音が彼に聞こえないかと恐れながら何度も唾液を呑み込まなければならなかった。

「も…、もう、流すぞ」

募る緊張に耐え切れなくなり、朔矢は彼の身体から手を離すとシャワーを出す。

そして朔矢がシャワーヘッドを手にした瞬間。

「ここは、こすってくれないのか?」

「な……ッ」

もう一つの手を取られ、すでに昂ぶった彼のものを握らされ、悲鳴とともに朔矢の手からシャワーヘッドが落ちる。

その拍子に勢いよく飛びはねるシャワーヘッドからお湯がまき散らされ、朔矢とイスハークを濡らした。

「き…貴様《きさま》は、いったいなにを考えて……っ」

生娘《きむすめ》のような反応をしてしまった自分が悔しくて、朔矢はまなじりを険しく吊り上げ、目の前の不埒《ふらち》な男を睨みつける。

「愚問だな。この状態の男が考えていることと言ったら一つしかないと思うが……第一、愛しい者に身体を撫でさすられれば、こうなるのは当然のことだろう」

シャワーを浴びて濡れた前髪から雫《しずく》をしたたらせながら、イスハークは悪びれるどころかむしろ誇らしげな口調で言って、艶やかに笑ってみせた。

そしてイスハークはなんのためらいもなく朔矢の下腹部をつかむと、

「お前も、どうやら俺と同じことを考えていたようだな……」

そこがはしたなく昂ぶっているのを確かめ、ニヤリと悪辣に口角を上げる。

「……ッ! あ、ぁ……」

そのまま袴越しに下腹部を揉《も》みしだかれ、腰に走る刺激に朔矢は身をよじらせた。

朔矢は脚から力が抜けそうになるのをなんとかこらえ、いたずらにうごめくイスハークの腕を押し返す。

「お前は……国王になるんだろう。だったらもう、こんなことは……っ」

こんな、男相手の不毛なことはするべきではない。王を支えるにふさわしい姫を迎える身なのだから――

「そうだ。俺はなんとしても王になってみせる」

動じることなくイスハークに傲然と言い放たれ、朔矢は唇を噛んだ。

「……だったらどうして、こんな……」

胸が引き絞られるように痛んで、朔矢は苦しさに顔をゆがめる。

妻をめとる身でありながら、どうして彼は自分にこんな風に触れてくるのだろう。

そしてなぜこんな理不尽な仕打ちを受けているにもかかわらず、自分の身体は一向に冷める気配すらなく、熱くなっていくばかりなのか――

「お前は、国王の言うことはなんでも従順に聞くからな……」

「え……？」

快感と混乱にかすむ頭では、ボソリと呟かれた彼の言葉の意味が汲《く》み取れず、朔矢は反射的に問い返す。

「国王に誓っただろう。お前は俺が王となるために、力を尽くすと」

イスハークは苦く笑うとそう言って、呆然とする朔矢の後頭部をつかみ、引き寄せた。

国王から告げられた時の衝撃のせいでハッキリと覚えていないが、きっと言ったに違いない。

あの状態で拒むことなど、自分にできるわけがないのだから。

ごまかすことを赦さない厳しいまなざしで見つめられ、朔矢は観念してうなずく。

「だったら、今度こそ逃げることは赦さんぞ。お前は一生俺の傍にいて、見届けるんだ。俺の行く末を」

彼が王となって、姫をめとる――その姿を、傍で見続けろというのだろうか。

残酷に言い渡したその唇で、イスハークは朔矢に噛みつくようにくちづける。

「ぁ…っ、や、やめ……んぅ…ッ」

快楽で絡め取って、身体どころか思考さえ奪わんとする彼が恐ろしく、朔矢はただ逃れようと身体をもがかせた。

それでも……強い力で引き寄せられ、唇を吸いながら熱い舌を絡まされると、身体から力が抜けてしまう。

「ふ…ぁ、くぅ……んん…っ」

繰り返される激しいくちづけに頭がかすみ、合わさった唇の隙間から朔矢は甘い吐息を零した。

拒まなければいけないのに。

なのに気づくと、押し返そうと突っ張った腕はいつの間にか彼の背に回り、唇はくちづけに応えて薄く開き、彼の舌を迎え入れている。人目を盗んでは繰り返し身体を重ねていた時のように。己の行動に、朔矢は我に返って愕然《がくぜん》となった。

——なんて浅ましいんだ、私は……っ。

震える唇から、互いの唾液が零れ落ちる。そのぬるく肌を伝い落ちる生々しい感触に、ますます罪悪感といたたまれなさが募った。

小さく音を立て、くちづけが解かれる。

イスハークは指で朔矢の口元からあごを伝う雫をすくい取り、濡れた唇をなぞると、

「朔矢は小さな頃のような関係を望んでいるんだろうが……今さら戻れるわけがないだろう。なにも知らなかった頃になど」

深い吐息混じり、囁いた。

「お前が言ったとおり、俺もお前も、もう子供じゃない。傍にいればどうなるか、互いの身体が証明している。……そうだろう？」

そう言うと彼は朔矢の腰を引き寄せてきた。

「イスハーク…ッ！」

彼の腰に身体を下ろされ、朔矢はうろたえて声を上げる。

布越しにこすれ合う二人のものは、ごまかし切れないほどに昂ぶり、互いを求め合っていた。

「認めろ。――お前も俺を求めていると」

「あ……ぁ……」

イスハークに突きつけられた言葉に、朔矢の瞳が潤む。

これが越えてはいけない一線を越え、禁忌《きんき》を犯してしまった罪なのだろうか。

親友にも戻れず、離れることもできずに――男の身でありながら、娼婦のように堕《お》ちてゆく。

「駄目…だ……」

ゾクゾクと背筋を這い上がってこようとする疼きをこらえようと朔矢は歯を食いしばり、彼の背を抱く指にきつく力をこめ、爪を立てる。

イスハークは朔矢を抱き締めて、小刻みに震える身体を見つめ、

「……なにが怖いんだ」

苦い声で問うた。

「なにも……怖くなど、ない……っ」

答える声までみっともなくかすれて、朔矢は唇を噛む。

怯えの原因がなにか突き詰めてしまうのも怖くて、朔矢はただ、首を振った。

ふいに伸びてきたイスハークの手に頬を撫でられて、朔矢は思わずビクリと肩を震わせる。

「怯えるな。……もう、乱暴にしない」

イスハークは強張る頬を慰撫《いぶ》するようにそっと何度もなぞり、言う。

「え……」

突然のことに驚いて、朔矢は顔を上げた。

すると、痛みをこらえるように顔をゆがめたイスハークの相貌が目に飛び込んできて。その切なげな表情に、朔矢の心臓が大きく跳ねる。

「九年前の失敗は、二度と繰り返したくないからな……」

彼は低く笑って自嘲《じちょう》する。

「……イスハーク……」

呆然と見上げる朔矢に、彼は苦い笑みを浮かべた。

「九年前、お前がいなくなった時……最初は、訳が分からなかったよ」

もっとも深い過去の傷に触れられて、朔矢の胸がいやな音を立て、軋みを上げる。

「どうしてなのか、どこに行ったのか……王宮の中を必死に探しても見つからなくて、けれど外に探しに行くだけの力を、子供の俺は持たなかった。なんとか見つけ出して連れ戻そうとする俺に、父は言ったんだ。『お前の仕打ちに耐えられなくなった、そう言って出て行った。お前が追いかければ、ただあの子を苦しめるだけだぞ』と――子供の俺はただ、それを受け入れるしかなかった」

焦りと苛立ちを抱えて広大な敷地を探して回る彼の姿が、いつまで経っても見つからずに途方に暮れる様子が、そして……自分のせいで出て行ったのだと告げられて打ちのめされる情景が、聞いている朔矢の目の裏に浮かんでくるようだった。

違う。そう言ってやりたかった。

一方的な行為だったとイスハークは自分を責めているようだが、そんな風に思ったことはない。むしろ、年上の自分がきちんと拒み切れなかったのがいけなかったのだ。

イスハークを哀しませるために、出て行ったのではない。彼に、なんの曇りもない道を歩んで欲しかった。ただそれだけなのに――

だが国王が、朔矢がイスハークをうとんで出て行ったということにしたのなら、自分に口を挟む権利などない。

言えない言葉を呑み込んで、朔矢は口を引き結ぶ。

「今度こそ、もっと優しくしようと思ったのに、駄目だな……迎えに行った俺を見たとたん、お前はまるで死人にでも出くわしたみたいな顔になって、逃げようとして……その姿を目の当たりにして、お前がいなくなった時の気持ちがぶり返して、止まらなくなった……」

イスハークは唸るように吐き出す。

その苦しげに告げられた言葉に、朔矢はまるで脳天を打たれたような衝撃を覚えた。

黙って逃げてしまったからこそ、彼はその裏切りが忘れられず、こんな風に自分に執着するのかもしれない……そう思い至って。

最後の意地も崩れ、急速に身体から抵抗する力が抜け落ちていく。

彼のどうしようもないやるせなさ、そして失望が伝わってきて、朔矢の胸が詰まる。

「お前が怒るのも、当たり前だ……私が、勝手だったから……」

散々世話になっておいて、流されるままに身体を重ねて肉欲に溺れ……なのになにも言わず、いきなり姿を消したのだから。

いたたまれなさに身をすくめる朔矢に、彼は首を振る。

「怒りよりも、焦ったんだ。この手を少しでも離せばまた、お前がいなくなってしまうんじゃないかと思って……」

苦い自嘲をにじませて言うイスハークに、朔矢の胸は締めつけられるように痛んだ。

大切な人を失う哀しみ、喪失感、絶望——それを、朔矢自身、二度経験した。

一度目は父を失った時。そして、二度目はイスハークと離れることになった時……だ。

「もう一度、やり直させてくれ。今、ここで……」

イスハークがひそめた声で囁いて、抱き寄せてくる。合わさる腰に熱く息づく欲望の気配を感じて、朔矢はゴクリと息を呑んだ。

「優しくする。だからもう、俺から逃げるな……朔矢……」

耳たぶを食まれながら吹き込まれた蜜のように甘い言葉に、朔矢の目の前が白くかすむ。

国王も、下手に反対するより、イスハークが王としての道をゆく支えになるのなら、と朔矢の存在を赦す気になったのかもしれなかった。どうせ、熱が冷めるまでの間の関係だと。

ならばせめて――必要とされる間、傍にいて必ずやイスハークが王となるために……そしてよい妻を迎えられるように、自分にできることはなんでもする。だから……。

赦しを乞うように胸の中でそう繰り返しながら、朔矢はうなずいた。

そのとたん、イスハークに性急にかき抱かれ、唇をふさがれる。

「んん…ッ、ふ…ぁ……」

息が苦しくなるほどに口腔《こうこう》を貪られ、朔矢は胸を喘がせながらも彼のくちづけを受け止める。

イスハークは何度も角度を変えてくちづけを重ね、朔矢にもう抵抗の意思がないのを確認すると、ようやく満足した様子で唇を離した。

「朔矢……」

イスハークは耳元で囁いて、朔矢の道着の衿元から手をもぐり込ませた。

「本当に、お前は変わらないな……毅然とした立ち居振る舞いも、真珠のようにきめ細かい肌も……九年前、この目に焼きつけた姿のままだ」

道着がはだけてあらわになった朔矢の胸に触れながら、彼はなつかしむように目を細める。

「ん……っ」

そのまま指で胸の先を転がされ、走った甘い感覚に朔矢は息を詰めた。

その様子を見つめる艶めいたイスハークの双眸に、朔矢の心臓が、ドキン…と大きく脈打つ。

「イスハーク……君は、変わった……」

朔矢の中のイスハークの記憶は九年前の、十六の少年の姿で止まっていた。だが今の彼は……。

「当然だ。俺はもう、十六のガキじゃない」

戸惑いに揺れる朔矢の瞳を見下ろし、不遜に口角を上げて笑うイスハーク。その相貌からはすでに少年らしい青くささは完全に消え、成熟した男だけが持つ、匂い立つほどの雄の色香に満ちあふれていた。

袴を脱がされ、朔矢は改めて腰かけたイスハークの膝の上に向かい合わせに座らされる。

「あぅ……っ」

道着の裾をめくられ、双丘の狭間をソープのぬめりを帯びた指でなぞられて。朔矢は背をしならせ、喘いだ。

後孔のふちを何度か撫でられ、怯える気持ちとは裏腹に、身体の底から湧き出してくる期待に、朔矢は肩をわななかせる。すると、

「ひぁ…っ、あぁ……」

指がゆっくりと中へと押し入ってきて。敏感な粘膜を擦り上げられる感覚に、朔矢の唇から悩ましい声が零れた。

「沁《し》みるか？　ここ……」

久しぶりの情交で傷つけていないか確かめているのか、彼は後孔にうずめた指を慎重に動かす。

その拍子に、紐が切れてはだけやすくなっている道着が、濡れて水を含んだ重みも手伝って簡

単に朔矢の肩からすべり落ちた。

「は、ぅ……っ」

肌に張りついた布が剝がれていく感触にすら、朔矢の興奮は高まり、吐く息が震える。

乱れた道着を身体にまといつかせたまま、朔矢は淫らな行為をねだりそうになる己の欲望を、彼の二の腕をつかんでこらえる。

「指じゃなくて、舐めて濡らしたほうがよかったか？　好きだろう。中を舐められるのが」

答えない朔矢に、イスハークは焦れたように内奥で指をうごめかせながら聞いてきた。

「や……いや、だ……やぁ……っ」

彼の言葉に、恥ずかしい箇所を舐められて感じる恥辱と愉悦を思い出してしまって……たまらず漏らした朔矢の甘えたような声が、広い浴場の中、思いがけない大きさで反響する。

朔矢は顔を真っ赤に火照らせ、急いで口をつぐんだ。だが、

「ひん…っ、くぅ……っ」

彼の指がさらにきつく内奥を穿ってきて。零れそうになる嬌声《きょうせい》を抑えようと唇を食いしばった。

唇を震わせて声を殺す朔矢に、イスハークが顔を寄せる。

「んぅ……」

唇を吸われ、朔矢は小さく息をついた。

その甘い吐息に誘われたように、彼は唇を割って口腔へと舌をもぐり込ませてくる。

「んく…っ、ふぁ……んんっ」

内壁をかきまぜられながら、ねっとりと舌を絡められる。

二カ所から聞こえるはしたない水音に、口腔だけではなく、内奥の敏感な粘膜をも彼の熱い舌で舐められているような錯覚に陥《おちい》った。

「……指で大丈夫なのか？」

思考を見透かすようなイスハークの問いに、朔矢は頬を紅くしてうなずく。

今でも充分すぎるほど感じているのに、これ以上行為がエスカレートするのは怖いと、朔矢は彼の肩にしがみつく。

朔矢の反応に、イスハークは小さく笑うと、

「そうか……だったら、そろそろ洗い流さないとな」

そう言って、いまだにお湯を出し続けるシャワーヘッドを手に取った。

次の行為を予想して、朔矢はビクリと身体を強張らせる。

イスハークは逃げようとする朔矢の腰を押さえつけ、蕾のふちを指で大きく割り拡げると、そこへシャワーヘッドをあてがった。

「いぁ…っ、やあぁ……ッ」

拡げられた後孔の中めがけてシャワーの水流が襲いかかり、朔矢はビクビクと背を震わせる。

不規則な振動をともなって入り込んでくる熱い感覚は、イスハークの熱塊に穿たれる時のことを思わせて、恥知らずな身体は熱を上げた。

イスハークはある程度朔矢の後孔に湯を呑み込ませると、ふいにシャワーヘッドを下ろす。

「んぅ……っ」

そのとたん、水流に拡げられた後孔から注ぎ込まれた水が、こぷりと音を立ててあふれる。

ぬるいものがしたたり落ちる感覚に、まるで粗相してしまったかのような錯覚を覚え、朔矢は目じりを紅く染めた。

「見てみろよ……ここ。すごい眺めだぞ」

双丘を揉み込んで、イスハークが情欲でかすれた声で囁く。

朔矢は恐る恐る、目線を下に向けた。すると――

「や…あぁ……」

中に入れられた水がソープで泡立ち、双丘の狭間から脚へと、とろみのある白濁となって伝い落ちていくさまが目に入って。

想像以上のいやらしい光景に、朔矢は恥辱に身悶える。

昔、何度もイスハークの精を受け、さらに突き入れられてかきまぜられたあと、許容量を超えた彼の精液が後孔から零れ落ちたことがあった。

内腿を這うどろりとした感触にその時のことを思い出して、走った被虐的な快感に朔矢はふるりと身体を震わせる。

恥じらう朔矢を見つめていたイスハークの喉から、ゴクリと息を呑む音が聞こえた。

その次の瞬間、

「んぁ…っ、んんぅ……ッ！」

淫らに濡れてほころんだ蕾に、彼の昂ぶりが勢いよく突き入れられる。

穿つものを求めひくつく媚肉を擦り上げられる強烈な快感に、朔矢はたまらず身をよじらせた。

すると、泡と汗にぬめり、快感に上気した互いの肌がこすれ合う。

「あぁ……っ」

素肌から伝わるイスハークの体温の熱さに、朔矢は昂ぶり、めまいがしそうだった。

「もっと焦らしてやろうと思ってたのに……お前があんまり可愛い顔するから、我慢できなくなっただろうが」

きつく眉を寄せ、イスハークが悔しそうに言った。

「ぁ……イスハーク……」

告げられた言葉に、朔矢の熱も煽られ、ますます淫らにとろけていく。

「朔矢……ッ」

イスハークは目を細め、そんな朔矢をじっと見つめると、突き上げる腰の動きをさらに激しくしてきた。

「くぅ……っ！　あぁっ、あぁ……んんッ」

募るばかりの熱に悶え、イスハークの昂ぶりを締めつけながら、朔矢は身体をくねらせた。

彼の熱を感じるだけで、たやすく淫らに堕ちてしまう。そんな罪深い自分を恥じつつも、朔矢はイスハークに与えられる愉悦に溺れていった……。


——そして互いに身体を貪り合い、身を清め直したあと。隣接する寝室に移り、イスハークは情事の余韻に火照ったままの朔矢の身体を運び、ベッドの上に横たえた。

イスハークは強張る朔矢の背中にそっと腕を回すと、なだめるようにゆっくりと撫でさすった。

優しいその感触に胸苦しさは募る一方で……朔矢は息を震わせる。

朔矢がおとなしく腕の中に収まったのを見て、イスハークは安心したのか。朔矢を抱き締めたまま、目を閉じた。

やがて寝息が聞こえ出したが、彼の心音に包まれて、朔矢は眠れずにいた。

なぜ、今頃イスハークは朔矢の前に現れたのか。……いくら考えても、分からなかった。

けれどはっきりしていることがある。

それは、彼の傍にいるためには、今度こそ割り切ってうまく距離を取って付き合っていかなければいけない、ということだ。

苦い経験を積み上げて、お互いに大人になった今ならば、できるはずだ。

そう自分に言い聞かせながら、ふと、朔矢の胸に疑問がよぎった。

――もし、大人になれば哀しみにも慣れていくというのなら。イスハークと離れたのが今だったら、苦しさはもっと小さくてすんだのだろうか…？

……分からない。

けれど、少なくとも父を失った時のように、哀しみに人目をはばからず泣きじゃくったりはしないだろう。実際、イスハークと離れるためにこの国を出た時、朔矢は泣かなかった。

でも日本に帰って、ふと夜中に目覚めた時。目じりから枕まで、瞳からあふれる雫で濡らしていたことがたびたびあった。

決まって、イスハークの夢を見ていた。

ある日は、父を亡くし、異国の地で独りにされた哀しさと寂しさに押しつぶされそうになっていた朔矢の隣にいて、ただ背中をさすってくれた時のこと。

またある日は、身体を重ね合った夜、互いに夢を語り合った時のことを――

複雑に入り乱れ、渦巻く感情を胸に秘め、朔矢は間近にあるイスハークの顔を見つめる。

――愛おしい。

乱れる心の中、ふいに鮮《あざ》やかに浮き上がってくる自分の想いをもてあまし、朔矢は苦しさに胸を喘がせる。

自分に課せられた運命を乗り越えようとしている彼のために、自分ができることならなんでもしてやりたいと思う……。

イスハークのぬくもりを、そして匂いをもっと密に感じたいという衝動が突き上げてきて、その逞しい背に手を伸ばしかけ……朔矢は急いで首を振り、手をきつく握り締めた。

彼に対して抱くそれは、肉親に寄せる情愛と同じもの。……そうでなくてはならないのだ。

自分に赦されているのは、それだけ。

近い未来、姫をめとり、王となる彼を、自分は傍にいて祝福するのだから。

眠るイスハークを見つめ、

「――愛している、イスハーク……弟のように」

朔矢は自分に言い聞かせるようにそっと、安らかな横顔に呟いた。

3

「完璧だな。さすが俺の見立てだけはある」

朔矢の全身を眺め、イスハークはご満悦、といった様子でうなずく。

「……本当に、この格好で外に出ろと言うのか？」

だが朔矢は自分の身体を見下ろして、渋く顔をしかめた。

昨晩は結局、物思いにふけってなかなか眠れず……それでも一旦眠りにつくと、長旅の疲れと、立て続けに強いられた激しい情交のせいで、すっかり寝過ごしてしまった。

おかげで夜が明けて支度を手伝いに来たウマルに、イスハークと同じ寝室にいるところを見られて焦るはめになったのだ。

だがイスハークはのうのうと「なにせ九年ぶりに会ったからな。話が尽きなくて夜通し語り合ってしまった」と言い放ち、朔矢に今日行われるレセプションに同行するようにと言い渡した。

そしてウマルに、このレセプションにはドレスコードがあるので盛装を、と言われ着替えたのだが……。

純白の絽《ろ》の着物に、黒と白の縞《しま》の仙台平《せんだいひら》の袴。

道着は別にして、着物などめったに着たことがない。しかも上下ともに白の着物はあまりに派手すぎるように思えて、尻ごみしてしまう。

「もちろんだ。なにせ、長衣は無理だ、タキシードは駄目だと注文ばかりつけるんだからな。まったく手がかかるぜ、俺の我がまま姫さまは」

そう言って、イスハークはおおげさに肩をすくめる。

思いの丈を話してすっきりしたのか、イスハークはすっかり昔の調子を取り戻していた。

ふざけた物言いに朔矢はじろりと睨むが、彼は悪びれることなくいたずらっぽい笑みを返す。

「……我がままではない。私はあくまで日本人なのだから、この国の民族衣装を着るわけにはいかない。それに、私は客人と違ってあくまで君の従者なのだからな。立場に見合う格好をするのが当然だろう」

姫という言葉はあえて無視して、朔矢は言い返す。服にこだわりがあるというのではなく、けじめをつけなければ、という気持ちが強かった。

度の過ぎたイスハークとのきわどいやりとりをどう思われているのか気になって、朔矢はウマルを見やる。だが、彼はイスハーク流の冗談だと思っているのか、「本当に仲がよろしいのですね」と温和に笑うだけだ。

「だから日本人らしく着物を用意しただろう。俺の傍にいるのに、みすぼらしい格好をするのは絶対に認めんからな」

だがイスハークにそう言われ、さらにウマルに「時間が押していますので」と急かされ、朔矢は渋々と着物姿のまま王宮をあとにした。

王宮に隣接した飛行場から飛行機に乗って一時間。その間も広々とした専用の座席で、ウマルとやり取りをしたり書類を見たりしていたイスハークが、

「見えてきたな」

ふいに機内の丸窓を覗くとそう呟いた。

「朔矢、窓の外を覗いてみろ」

肩を叩いてうながされ、朔矢は窓へと目をやる。すると、

「……っ」

目に飛び込んできた光景に、朔矢は目を見開いた。

「――あれが今、俺が手掛けている湾岸開発プロジェクト、『ジュメイラ・ワールド』だ」

昔は見渡す限り、ただ白い砂浜が広がっていた海岸。

しかし今、朔矢の視界に広がっているのは、緑と建物が美しく調和した小都市だった。

中央には超高層のビルが天に向かって伸び、豊かな緑の中にドームやコテージなどが点在している。そしてさらに建物を縫うようにして水路が長く張り巡らされ、その水の流れる先、半円状の入り江には島が浮かび、そこにはこの都市を象徴するような壮麗な城があった。

アラビア語で『ジュメイラ』は、美しい、という意味を持つ。その名にふさわしい、優美な景色が一面に広がっている。

水と緑に彩《いろど》られた都市は人口的な寒々しさはなく、その姿はむしろ雄大ささえ感じさせた。

「すごい…な。話には聞いていたが、ここまでとは……」

イスハークが進める大規模な都市リゾート、『ジュメイラ・ワールド』計画は、日本でもニュ

ースとして取り上げられ、朔矢の耳にも届いていた。

協力する企業や王族には海外のそうそうたる面々が名前を連ねていたが、詳しい情報は伏せられ、全容はまだ明らかになっていない。

秘密めいたリゾート都市の計画は、客となるセレブ、投資家たちの注目を集め、様々な場所で噂の的となっていた。

そして、朔矢たちを乗せた飛行機は都市の傍にある飛行場に着く。そこにはすでに多くの飛行機、ヘリコプターが並んでいた。

「まだ未完成だが、ある程度形にはなってきたんでな。内々でのお披露目をすることになった。

――朔矢、お前には俺の補佐として、協力してもらいたい」

イスハークはうやうやしく胸に手を当てると大仰《おおぎょう》に言って、いたずらっぽく笑った。

まだごく一部の選ばれた人間しか訪れることのできないリゾート都市へ、足を踏み入れることができる。

そしてなにより――イスハークが自分を頼りにしてくれていることに、朔矢の胸は躍る。

「さあ。朔矢」

イスハークは立ち上がると、まっすぐに手を差し出してきた。

その大きな手がどれほど熱く、そして力強く自分を抱くのか――すでに知ってしまっている。

彼の手のひらを見つめ、朔矢はゴクリと息を呑んだ。

……イスハークはじき、妻をめとるのだ。

気を抜けば生まれそうになる甘い想いを切り裂くように、朔矢は胸の中で繰り返す。

ずっと前から、それこそ昔から……分かっていたこと、だ。

抱かれているうちに淡く芽生えた、情欲とも情愛ともつかぬ彼への想いは、すべて封印して。

ためらいは変わらず胸に残っている。

だが、決めたのだ。今度こそ傍にいて、彼のために尽くそうと。

朔矢は恐る恐るイスハークの手を取る。

「では、行こうか。朔矢」

イスハークはとたんにうれしそうに笑い、朔矢の手を引いた。

いたずらっぽく浮かべる笑みは、少年の頃と変わらない。

――こんな風に、親しくしないで欲しいのに……。

イスハークを近く感じるほどに、痛みとともに込み上げる慕わしさをもてあまし、胸が苦しくなるばかりだ。

朔矢は複雑な思いを胸に抱えたまま、イスハークに導かれ、飛行機を降りた。――リゾート都市、『ジュメイラ・ワールド』へと降り立つために。

海と水路で外界と区切られている『ジュメイラ・ワールド』。

その大きな門を越えたすぐ先に、船着き場があった。

「ここは始まりの港、『ミナ・ビダーヤ』だ。水と緑のリゾート地は多いが、ここでは『千一夜物語』、船乗りシンドバッドになったような気分を味わえる仕掛けをしてある」

「シンドバッド……あの有名な？」

「そうだ。リゾートを楽しみながら、この国への理解を深めてもらおうという試みなんだ。シンドバッドの物語のように、俺の祖先もいくつもの海を股にかけ、様々な国を訪れて、幾多の冒険と困難に打ち勝ちながら航路を切り開いてきた。――拓かれた国づくりを目指す俺の外交改革にピッタリだと思ってな」

港には、中東の伝統的な小舟『アブラ』に混じって、一艘の大きな帆船がとまっていた。

「こいつはシンドバッドも乗っていた『ダウ』と呼ばれる木造帆船を、大型客船用に改造してあるんだ。動力部や備品などの一部を除き、時間をかけてほぼ昔ながらの造船技術で造らせた自慢の船だ」

「すごいな……本当に、物語から抜け出てきたようだ」

静かに凪《な》いだ紺碧《こんぺき》の海に浮かぶ、装飾も豪華な大型船。外装のすべてが木材で造られたその船は、昔聞いたことのある物語から本当に抜け出てきたかのような歴史を感じさせる壮麗さで。その迫力ある姿に朔矢は胸を躍らせる。

準備のために先に行っていたウマルが、船の近くまでやってきたイスハークと朔矢を見て、

「どうぞ、こちらです。この船に乗って、今日の招待客がレセプション会場へと向かうのですよ。みなさま、もうすでにご乗船されていらっしゃるそうです」

大きく手を上げ、声をかけてきた。

「すみません。私の支度がもたついたせいですね」

少し焦っている様子のウマルに、自分たちが最後なのだと知って朔矢は謝った。すると、

「そうだぞ。遅くまで眠りこけて、服にもあれこれ注文をつけたあげく着替えるのにもいちいち別室に閉じこもって手伝わせもしなかったからな。まったく、どこの深窓の令嬢かと思ったぞ」

人の悪い笑みを浮かべ、イスハークが横槍を入れてくる。

――誰のせいだ、誰の……！

イスハークのからかいに、朔矢は胸の中で思いっ切り反論する。

そもそも朝寝坊したのも、久しぶりで受ける側にとって負担も大きい行為だというのに、イスハークが一向にやめようとせずに挑みかかってきたせいだし、ウマルの前で脱げなかったのも、肌のあちこちに痕をベタベタとつけまくったせいだ。

朔矢はありったけの非難を込めてイスハークを睨む。

「どうした。なにか言いたそうだな」

意味ありげな笑みをたたえて問うイスハークに、文句は山ほどあった。だが、ウマルの前で言えるわけがない。それを分かっていて言う彼がまた、腹立たしい。

「……いいえ。申し訳ありませんでした、殿下」

まなじりを吊り上げたままムッと唇を引き結び、せいぜいよそよそしく言ってやる。

不機嫌さをあらわにする朔矢に、イスハークは小さく笑い、

「いいさ。お前の寝顔が拝めたし、それに主役は最後に現れるものだ……とはいえ、さすがにあまり待たせすぎると興ざめだな。そろそろ行くとしようか」

鷹揚《おうよう》にそう言ってウインクすると、朔矢を連れて帆船へと乗り込んだ。


中東の強い陽射しから逃れるために、上部甲板《かんぱん》には透かし彫りが施《ほどこ》された日よけの屋根が取り付けられ、その下は見渡す限りの人で埋め尽くされている。ところどころに置かれたテーブルを囲み、タキシードや民族衣装など、様々な礼服を身につけた紳士たちが大勢集っているその光景は壮観ですらあった。

「――――お待たせいたしました。みなさん」

イスハークが朗々とした声を響かせて上部甲板に姿を現す。すると、ずらりと居並ぶ紳士たちが一斉に振り向いた。

周囲から浴びせられる強い視線に、後ろに控えていた朔矢ですらたじろいだというのに、イス

ハークは堂々とそれらを受け止めて優雅に微笑うと、

「これですべての方々が揃ったので、これより出航したいと思う。――――船長」

まるで指揮者のように手を振って、彼は操舵室にいる船長に合図を送る。その合図とともに船長の掛け声が飛び、船員たちによってガラガラと音を立てて錨《いかり》が巻き取られ、バッと勢いよく三角の大きく真っ白い帆が上がる。

その雄姿に朔矢は息を呑む。周りからも、「おお…ッ」と、感嘆の声が聞こえてきた。

「みなさん、『ジュメイラ・ワールド』へようこそ。ここは、数年前までただの砂浜でした。だが海のシルクロードを渡って様々な国を訪れた我が祖先、そしてそこで我々に素晴らしい影響を与えてくれた人々、その出会いと文化の融合をテーマにした一大リゾート都市として、今まさにみなさんの協力のもと、生まれ変わろうとしている。――――ごらんください」

イスハークが、船の外を指し示す。

ゆっくりと港を離れて入り江を進む船から、海岸に沿って開発された都市が見えてきた。

美しい緑と建物が調和したリゾート地の中、布を張った手漕ぎの小舟が、ゆったりとエメラルドグリーンの水路を渡っている。

「リゾート都市は水路で区切られていて、エリアそれぞれが、海外の様々な国をテーマにして造られているのです。水路は各建物の間にも通っていますので、リゾート内をすべてあの小舟で行き来することができます」

イスハークの美声によって紹介される景観に見惚れていると、ふいにあたりにいい香りがただよってきた。

食欲を刺激するその匂いにつられて朔矢が振り向くと、皿を手にした給仕たちがこちらに向かってきた。皿には、香ばしくローストされた肉料理が盛られている。

「たとえば、インド貿易を代表する香辛料。時には金よりも珍重された素晴らしい大地の恵みは、我が国の料理に革命を起こしました。世界各国の美食はもとより、ここでしか食べられないオリジナルの料理を提供していきたいと思っています」

イスハークの解説のあと、『ジュメイラ・ワールド』の協賛企業として名を連ねる、インドの企業家が紹介される。

「そしてその料理を美しく飾る器には、中国の白磁。宝石にも勝る装飾品としても王族に愛されてきた、優美なる芸術品です」

続いて中国皇帝の血筋を引くという有名な貿易商の名が呼ばれる。

そして次々に、名前を聞けば分かるほど有名な王族、そして企業の最高責任者など、そうそうたる面々が、イスハークによって紹介されていった。

「最高のパートナーたちの協力のもと、『ジュメイラ・ワールド』は世界でも最上級のリゾートを、みなさんに約束します」

イスハークの締めの言葉とともに、周りから拍手と歓声が沸き起こる。

「……役者だな……出て行くタイミングまで、まるで計算していたことのようだ」

すっかりこの場にいる人々の心をつかんで輪の中心に君臨するイスハークを見つめ、朔矢は呆然と呟いた。

ウマルの急かし方からして、遅れたのは予定になかったことだと思うのに。そんなことは微塵《みじん》も感じさせない見事な采配っぷりに、なんだか狐につままれたような気持ちになる。

「イスハーク殿下はいつも目標達成のために、いくつかのプランを持って行動されています。それに重鎮のみなさまのアラビアン・タイムに振り回され、鍛えられましたから、状況に合わせて臨機応変に動くのには慣れていらっしゃるのですよ」

ウマルに苦笑混じりに言われ、朔矢はなるほど、とうなずいた。

この国では時間の感覚がおおらかで、重要な会議などでも、平気で約束の時間が変わったりする。朔矢も昔、この国に来たばかりの時は感覚の違いにずいぶん驚かされたものだ。

イスハークも若干時間にルーズなところがあるが、彼の場合は赦される範囲でうまく駆け引きに使っているようだ。

「――なんだ、二人してそんな隅《すみ》でこそこそと。朔矢、俺の傍にいろと言っただろう」

イスハークは不機嫌そうに言うと、人の輪から抜け出して朔矢へと近づいてきた。

「あ…、いや、私は……」

イスハークとともに、人々もぞろぞろとついてくる。壮年の著名人が多い中で、毛色が違う朔矢が珍しいのだろうか。興味深そうにじろじろ見つめられるのがどうにも居心地悪くて、朔矢はあとずさった。

「これからがいいところなんだぞ。そろそろこのレセプションのメイン会場が見えるはずだ」

イスハークがそう言って沖に見える島影を指し示し、腰の引けた朔矢の肩をつかむ。

「イスハーク殿下、私たちにも彼を紹介していただけませんか？　親しいかたのようですし、みんなずっと気になっていたのですよ」

着物姿の朔矢に関心を持っていたらしい。恰幅《かっぷく》のいい紳士が周りの声を代弁するように言った。

「ええ。みなさんにあとで紹介させていただきましょう。――あちらに場所を移したあとで」

イスハークが指さす先、島の上にそびえ立つ、円形の塔と重厚なレンガ造りのファサードも見事な城が朔矢たちの目の前に姿を現す。

そのとたん、周囲から「おお…っ」と感嘆の声が漏れた。

「すごいな……かなりの年代を感じさせるものですが、ひょっとして本物ですか？」

「本物の城ですよ。ただし十一世紀、スペインで建てられたものですが」

思わずという様子で零した紳士の問いにさらりと答えてみせたイスハークに、朔矢は驚愕する。

歴史ある城を海外に移すとなると大変なはずだ。移築費や改装費も莫大な額になっただろう。

城のその壮麗なたたずまいは、「道理で重厚さが違うはずだ」と紳士たちを唸らせた。

「この城は、ムデハル様式――アラブとスペインの建築の粋が融合して生まれたものです。スペイン貴族が所有していたものを、友好の証にと譲り受けてここに移築させていただきました。みなさんにはここでくつろいでいただきたいと思います」

母方の実家がスペイン貴族の名家であるイスハークにとって、アラブとスペインの文化が混じり合って生まれたムデハル様式のこの城は、特別な意味を持つのだろう。

城についてみんなに説明するイスハークの横顔は、自信と自負に満ちあふれていた。

近づいてくる城の、塔の上にまで続く色鮮やかで立体的な装飾のあまりの緻密さ、そして美麗さに圧倒され、その場にいた人々からため息が漏れ出る。

アラブとスペインの建築の粋が融合して生まれたもの――――まるで、イスハークのようだ。

バシュヌークの民の黒い目とは違う自分の瞳の色を気にして『マジックで塗りつぶしたい』と言っていた彼が、今こうしてクォーターである自分に自信を持って胸を張っている。

自分の中のコンプレックスを、彼はすでに乗り越え、さらにこうしてこの国の発展のために使おうとしているのだ。

朔矢はイスハークの説明を聞きながら、感慨深くスペイン貴族から譲り受けたのだという城を見上げた。

だが、そろそろ島に接岸する準備をしようとしていた時。

「――――…ッ!?」

鳴り響く轟音《ごうおん》に、朔矢は急いで振り返る。

「なんだ、あれは……っ？」

島影から、うす汚れたジャンク船がこちらに向かって突き進んできたのが見えて、あたりが騒然となった。

近づいてきた船に乗っている船員はみんな、頭にターバンを巻き、ブルンジュクと呼ばれる大きく胸の部分が開いた野性的な服に黒い革のベルトをつけ、斧《おの》を構えている。

まるで、映画から抜け出たようなアラビアの海賊だった。

これも仕組まれたことかと、朔矢はイスハークを振り返る。――――だが、

「馬鹿な……予定と違います」

呆然と呟くウマルと、イスハークの険しい表情に、非常事態だと悟る。

「どういうことなんだ…っ？」

朔矢の問いに、イスハークは渋く顔をしかめた。

「海賊船襲撃はショーの一つだが……この船には、あいつらの相手をする海軍役の船員が乗っていない。予定になかったからな」

「どうしますか？　一度引き返してお茶を濁すか、いっそ、恥を忍んで不手際をお詫びして、海賊船を引き上げさせたほうがよいのでしょうか……っ」

おろおろとウマルがイスハークに伺《うかが》いを立てる。

「そんな……」

その言葉に、朔矢はギュッと眉根を寄せ、こぶしを握り締める。

——イスハークがコンプレックスを乗り越えて、苦労して形となったのだろう『ジュメイラ・ワールド』のお披露目を、それも彼の象徴となるこの城を前にして、台無しにしてしまうなんて……。

だが迷っている間にも、海賊船は船首から近づいて、このダウ船に接舷していた。

さらに海賊たちが鉤爪のついたロープでダウ船を引き寄せ、無理やり乗船しようとしている。

「仕方がない……」

もう、不手際を告げて中止させるしかないと決めたのだろう。イスハークが苦渋をにじませた声で呟き、海賊船へと向かおうとする。

「駄目だ……イスハーク！」

朔矢は決意して、イスハークを制し、前に躍り出る。

壁にかかっていた木のオールを手に取ると、よじ登ってこようとする海賊の一人のふいをついて、海に叩き落とした。

「おい！　朔矢、なにをするつもりだ…!?」

イスハークの慌てた声に、朔矢は振り返ると、

「私が相手になろうというのです。殿下」

うやうやしく、だが力強くそう言い切った。

そして朔矢は着物のそでをひるがえし機敏な動作で即座に体勢を立て直して、さらに登ってこようとする海賊たちに向かい、オールを向けた。

「城を前にして、逃げ出すなど愚の骨頂。恐れ多くも我が主君、イスハーク殿下に仇なす輩《やから》を、放っておくことはできませぬ。ここは引かず、成敗《せいばい》するのみ」

朔矢は芝居がかった口調で言いながら、イスハークに目配せする。

――大切なレセプションに、泥を塗るような真似をさせたくない。このまま、なんとか続けよう――

朔矢の口上とアイコンタクトで、正しく意思が伝わったらしい。イスハークは決心した様子でうなずいて、ウマルになにかを耳打ちしたあと、

「――そこまで言われては、俺も黙って見てはいられないな」

にやりと不敵に笑って彼もまた、白の頭布と漆黒の礼服をはためかせながら威風堂々とした姿で朔矢の隣へと進み出る。

そしてベルトに差していた鞘《さや》から半月刀を勢いよく引き抜くと、

「来い！　幼少の頃から磨いた武術で腰の半月刀が飾りではないことを教えてやろう」

腹の底まで響く大音声で恫喝し、よく手入れされて光る刀身を海賊たちに向かって突きつけた。

――海賊騒ぎもなんとか収まり、無事にたどり着いた城で開かれた晩餐会《ばんさん》が終わって、それぞれが用意された部屋へと引き上げていったのが夜半過ぎのこと。

朔矢もイスハークとともに、城の外観を損なわないように増築されたエレベーターを使い、部屋へと向かっていた。

「まったく……肝を冷やしたぞ。まさかたった一人で何十人もいる屈強な男たち相手に向かっていこうとするとはな」

イスハークはあの時のことを思い出したのか、そう言って眉をひそめた。

「そうは言っても相手は本物の海賊ではなく、あくまで訓練されたスタッフだろう？　私も剣術を習う身だから殺陣《たて》の心得はあるし、なんとかあの場が取り繕えればそれでいいと思ったんだ」

彼の隣を歩きながら、朔矢は言い訳する。

「確かに、着物姿でオールを振りかざして戦うお前の姿は迫力があったな。無骨《ぶこつ》さはなく、まるで舞を舞っているように軽やかだったが」

「そっちこそ、調子に乗ってやりすぎだ。装飾用とはいえ本物の半月刀を船長の首に突きつけて、『そこまでだ。――素首《そくび》落とされたくなければ、全員おとなしく縄につけ』なんだからな。可哀想に彼、今にも失神しそうになっていたぞ」

からかってくるイスハークに、朔矢は言い返す。

その後、ウマルが連絡したらしく別の船で海軍に扮したスタッフがやってきて、海賊たちを捕《ほ》縛《ばく》し連れ去ったことで騒動は一件落着した。

イスハークがあくまでサプライズの演出だという態度を貫いたおかげで、内幕を知らない招待客たちは、

『エキサイティングなアトラクションでした。最初は本当に非常事態かと肝を冷やしましたよ。細腕でオールを振るう着物姿の彼もエキゾティックで素晴らしかったし、なんといってもイスハーク殿下の勇姿も見られて最高でした…！　これはさすがに今回限りのショーなんでしょうな』

そう言って、貴重なものが見られたと大喜びした。

「色々とハプニングは経験してきたが、今日のが一番面白かったぞ。昔、よく二人でいたずらして回った頃のことを思い出したよ」

「二人で、というのは聞き捨てならないな。主に、君が私を振り回していたんだろう。……今日、たまたま逆になってしまっただけだ」

不敵に口元を上げて笑うイスハークに、朔矢はおおげさにツンとあごをそらせて咎《とが》めてみせた。

昔のようなやりとりに、くすぐったいような、切ないような気持ちが胸に浮かんで。

そのなつかしい感覚に朔矢は戸惑い、足を止める。

するとイスハークも足を止め、朔矢の顔を覗き込むと、

「ありがとう――お前のおかげだ」

そう言って目を細めて微笑い、慈《いつく》しみのこもった手つきで朔矢の頬を撫でる。

ふい打ちの優しい笑みに、瞬間、引き絞られるように胸が痛くなって。朔矢は弾かれたようにうつむいた。

――近づきすぎてはいけない。

距離を置いて、己の立場をわきまえて接していかなければいけないのだ。

分かっているのに。それでも、どうしようもなく彼に惹かれてしまう心を止められない。

うるさいほど鼓動が速くなり、息が苦しくなる。

「礼なんて……どうしても、レセプションを成功させたかったんだ。君が懸命に築いてきたものだから」

彼が何年もかけてプロジェクトに取り組んでいる間、自分は離れていて、なにもしてやれなかった。その分、今自分にできることはなんでもしたい。

イスハークの支えになるのが、朔矢の使命なら。彼を一番に思って動くこと、そして……傍にいることを赦して欲しい。

胸の中で呟き、国王の面影を振り切って素直な気持ちを口にした朔矢に、彼は目を見開く。

その時、ちょうどエレベーターが止まり、扉が開いた。

イスハークのあとに続き、城の中心、円塔の最上階の部屋に足を踏み入れる。すると、アラベスク模様の透かし彫りが施された、特別室専用の美麗なエントランスが朔矢を迎えてくれた。

「本当に、綺麗だ……」

デザインは緻密で豪奢《ごうしゃ》でありながら、色目を抑えた堅牢《けんろう》な造りは、見るものを厳かな気持ちにさせる。

「アラブとスペイン……この城の話を聞いた時、まるで君のようだと思ったんだ。イスハーク」

エントランスを抜け、寄木細工で上品な模様が描き出された廊下を歩きながら、朔矢はしみじみと言った。

だから――どうしても、泥を塗るような真似はさせたくなかったのだ。

「ああ……お前なら、そう言ってくれると思っていた」

朔矢の言葉に、イスハークはうれしそうに微笑う。

「ここは全室スイートのエグゼクティブホテルになる予定だ。俺はこの城を『ジュメイラ・ワールド』の目玉にしようと思っているんだ」

西洋の城とは違う風情が旅心をくすぐって、それでいて西洋のものと共通する部分もあって馴染みやすいと、招待客たちの間でも、すでに評判となっていた。彼らが帰ったら、瞬く間にセレブたちの間に『ジュメイラ・ワールド』の城の噂は広がるに違いなかった。

「だけど、大丈夫なのか？　その……」

ただでさえ純粋なアラブの血統や文化をよしとする保守的なこの国で、西洋の血が混じったイスハークに対して風当たりはきつかったのに。海外との大々的な開発事業を進め、しかも彼のアラブ以外の血を連想させる城を建てることに、抵抗はなかったのか。

イスハークは、心配に顔を曇らせる朔矢を見つめ、

「確かに反発はあったが、他の湾岸諸国はもう何年も前から外国資本を取り入れて発展していってるんだ。その成長ぶりを見てやっとみんな重い腰を上げて協力してくれるようになった。この『ジュメイラ・ワールド』を皮切りにして外国と提携しての開発計画に弾みをつけるつもりだ」

これで終わりではなく、あくまで始まりなのだと、彼は強い意思を感じさせるまなざしで言い切った。

「だがまあ、反発が完全になくなったわけじゃない。……今日の騒ぎのように、万全に準備していたはずのプランが直前で狂うことも実は初めてじゃないんだ」

海賊騒ぎも、反対派の妨害のせいだったのかと、朔矢は口を引き結ぶ。

「……そのうえ、まだ未成年の俺の腹違いの弟を引っ張り出して、反対派の連中がなにかにつけて文句をつけてくるし、油断は赦されない状況だ」

「君の弟…って」

確かすぐ下の弟は、イスハークよりも九つ年下だったから、まだ十五か十六。そんな少年まで、生ぐさい政治に引きずり出してきているというのだろうか。

そこまで考えて、目の前にいる彼もまた、小さな頃からずっと周囲の思惑に翻弄され続けてきたことを思い出す。

「それでももう、俺は目を逸らさないと決めた」

意思を告げる彼の揺らぐことのない声に、朔矢は目を見開く。

「俺はバシュヌーク国王の直系の血と同時に、スペイン貴族の姫の血をも受け継いでいる。その両方の血を大切にするべきだと。――――よそ者を拒んで凝り固まり、よどんでしまった空気に、新しい風を吹き込む。異国の血の混じった、俺にしかできないことだと自負している」

「ああ。……そのとおりだ、イスハーク……」

――――本当に、大人になった……。

前は、自分ではどうしようもない生まれつきのみんなとの違いに苛立ち、うとんでいたのに。

今は、それを自分の個性として受け入れ、生かそうとしている。

身体だけではない。自分と離れている間にも、きっと色んな苦難があって、彼はそれを乗り越えてきた。そう思わせるほどに、イスハークの心は成長し、大きくなっている。

そんな彼に誇らしさを感じると同時に、思春期の頃、一足先に彼が大人になっていたことを知った時のような寂しさと切なさが、朔矢の胸の中で複雑に入り交じる。

「……お前が気づかせてくれたんだ、朔矢」

「私が……？」

驚きに目を瞬かせる朔矢を引き寄せて、イスハークはうなずいた。

「ああ。お前の存在が、俺に誇りを持たせてくれる。初めて会った時のことを覚えているか？

お前があの時言ってくれたような、純金よりも強く、気高いものとして生きていこうと思わせてくれるんだ……」

彼は包み込むように朔矢の肩を抱き、胸のうちを明かす。

「イスハーク……」

じわりと胸に熱いものが込み上げて、朔矢は顔をほころばせた。

覚えていないわけがない。

——金に四分の一、銀や銅を加えて十八金にすると、金よりも硬くて強い、色んな輝きを持った金属ができるんだって。だから君はそのままで、きっと誰よりも強くて素敵な人になれるよ。

朔矢の言葉を覚えていて、そんな風に考えてくれていたなんて……。

「君の背中は私が守るよ、イスハーク。君がずっと前を向いて進んでいけるように」

彼の気持ちに精いっぱい応えようと、朔矢は凜然《りんぜん》と顔を上げて誓う。

国王に言われたからではなく、自分自身の気持ちで、彼のために尽くしたい。そんな思いが朔矢の胸に湧き上がってくる。

「……王に忠誠を誓う剣士さながら、だな」

瞳をやわらげて言うイスハークに、朔矢は誇らしさに胸を張ってうなずいた。

優しく見つめてくる彼に、朔矢は微笑む。

すると、イスハークはふいに肩に置いた手を朔矢の背中へとすべらせると、

「ならば、よい働きをした臣下には、褒美《ほうび》を取らせないといけないな」

そう言って、顔を近づけてきた。

「イスハーク……っ」

妖しい雰囲気に、朔矢はうろたえ、あとずさろうとする。だが、

「んぅ……ッ」

さらに下がってきた彼の手に双丘をわしづかみにされ、朔矢はビクリと背を波打たせた。

「この着物ごと勇ましく禁欲的な鎧《よろい》を剝ぎ取って、中にひそむ淫らな身体を、俺のもので思う存分満足させてやろう。日の下では剣士でも、宵闇の中では俺の寵姫《ちょうき》だ。――いいな」

イスハークは朔矢の尻たぶの感触を楽しむように揉み込むと、傲慢にそう言い渡す。

「私が…、いやだと言ったら……？」

声をうわずらせながら抵抗しようとする朔矢を見つめ、

「言うわけがない。忠実な臣下は、王からの賜《たまわ》りものならよろこんで受け取るはずだからな。それが、王自身のものとなれば、なおさら。――そうだろう？」

イスハークはそう言って腰をこすりつけると、艶然《えんぜん》と笑った。

「………っ」

彼の熱に煽られ、瞳が潤んできてしまう自分に朔矢は唇を噛む。

そのままくちづけてくるイスハークの不遜な相貌を、朔矢はまなじりを染めて睨み上げた。

4

『ジュメイラワールド』にやってきて二日目の朝。

城の最上階、特別室の主寝室にある大きなベッドの上で朔矢《さくや》が目を覚ました時、隣で寝ていたはずのイスハークの姿はなかった。

情事のあとのけだるい身体を起こす。乱れたシーツを整え、脱ぎ散らかしたままだった着物をいたたまれない気持ちになりながら拾い集め、とりあえず目立つ汚れがついていないのを確認するときちんとたたんだ。

そして身を清めようとシャワーを浴びている途中で、ウマルが部屋を訪ねてきた。

慌ててバスローブに着替えて出た朔矢に、

「おくつろぎ中、失礼しました。昨日はこちらの不手際でご迷惑をおかけしてしまいましたし、イスハーク殿下にも好きなだけお休みいただくよう言いつけられていたのですが、どうしてもお会いしたいとおっしゃるお方がいらっしゃいまして……」

控えめに顔を覗《のぞ》かせたウマルは、申し訳なさそうに来客があったことを告げる。

「――朔矢？　久しぶりだね」

声とともに、いきなりドアの陰から男性が姿を現す。

「え……」

突然、見覚えのない人に親しげに名前を呼ばれ、朔矢はつい眉をひそめてしまった。

「やだな、ルシュディーだよ。……忘れちゃった？」

戸惑う朔矢に、男性はおおげさに眉を寄せつつも、いたずらっぽい笑みを浮かべる。

「ルシュディー殿下ですか…!?」

イスハークの九才下の弟、ルシュディー殿下。

兄弟ともに彫りの深い端整な造作だが、ルシュディーはイスハークの男性的で野性味を帯びた風貌とはまた違う、甘さのただよう華やかな雰囲気があった。

まだ十五才だとはとても思えない。この頃のイスハークもすでにかなりの身長になっていたし大人びていたけれど、体格だけ見ればルシュディーも負けてはいなかった。

「失礼いたしました。……それにしても、大きくなられましたね」

「子供扱いするのはやめてくれない？　僕だってあともう少しで十六なんだからさ」

つい小さい子供に向かって言う口調になっていた朔矢に、ルシュディーは顔をしかめる。

「申し訳ありません。それにこのような姿で……すぐ、着替えてまいります」

「ああ、そのままでいいよ。そんなにかしこまらないで。僕がいきなり来ちゃったんだしね」

でも…と戸惑う朔矢を強引に引っ張り、ルシュディーは応接間へと向かった。そして勝手知ったるといった調子でソファに腰を下ろすと、朔矢にも座るように勧める。完全に、彼のペースだ。

「それにしても、一番いい部屋に泊まってるんだね……今も兄さんと一緒に寝てるの？」

ルシュディーは部屋を見渡しながら笑って言った。

その笑顔にどこか含みを感じてドキリとする。だが、朔矢は疾《やま》しさのせいでそう思うんだ、と言い聞かせ、昨日の情事を思い出して紅《あか》くなりそうな自分を戒《いまし》めた。

「……昔も今も、私の部屋はイスハーク殿下の従者用の控えの間ですが、こちらのバスが広くて気持ちいいので、イスハーク殿下のお言葉に甘えて使わせていただいております」

なんとか冷静さを装い答えた朔矢に、ふうん、と呟き、ルシュディーは片眉を上げて笑う。

「今でも仲がいいんだ。僕なんかより、よっぽど二人のほうが本当の兄弟みたいだったもんね」

「そんなことは…っ」

「いいっていいって。僕と兄さん、血がつながってるっていっても半分だしね。年も離れちゃってるし」

嫡男《ちゃくなん》だが半分スペインの血が入った母を持つイスハークと、次男ではあるが純粋なアラブの血筋のルシュディーと。それぞれに色んな思惑が絡んでいるのは、朔矢にもおぼろげながら分かっている。

あっけらかんと事実を並べられると、それ以上なにも言えなくなって、朔矢は口をつぐんだ。

「朔矢がいた頃、僕はまだ七才くらいだったっけ？　遠い国からやってきた綺麗《きれい》なお兄さんに僕だって遊んでもらいたかったのに、いつもイスハーク兄さんばっかり朔矢を独占して、近づけさせてもくれなかったもんなあ」

彼が七才、ということは多分、朔矢が王に言い渡されバシュヌークを出て行く直前の年だ。そのあたりになると、すでにイスハークと関係を持っていた。夜は寝る間も惜しんで睦《むつ》み合ったし、暇さえあれば部屋以外の場所でも身体をつなげた……。

あの頃のイスハークと同じ年頃になったルシュディーは、やはり兄弟だけあって面差しが似ている。そんなルシュディーを見ていると、妙にリアルに昔のことを思い出してしまって、恥ずかしさといたたまれなさに朔矢は彼から目を逸《そ》らす。

「イスハーク殿下に御用でしょうか。殿下は今、ここにはいらっしゃらないのですが……」

どうにもまずいほうへと流れてしまう昔話に区切りをつけたくて、朔矢は強引に話題を変えた。

「知ってるよ。兄さんは今、かなり忙しいんじゃないかな。——なんせ脅迫騒ぎが起きちゃったからね」

「な……」

するとルシュディーの口からとんでもない言葉が飛び出して、朔矢は驚愕《きょうがく》に目を見開く。

あまりのことに一瞬呆然となったが、朔矢はなんとかショックから立ち直ると、

「どういうことなんですか、それは…!?」

いてもたってもいられず、ルシュディーへと身を乗り出して問い詰める。

「といっても、どこまで言っていいのかなあ……」

そう言って、ルシュディーはチラリとウマルを見やった。

「朔矢さんには海賊船騒ぎの時もご協力いただきましたし、お話ししても大丈夫でしょう。——実は、今朝がた、『ジュメイラ・ワールド』の特別会員用のホームページがハッキングされて悪質ないたずらが仕掛けられていたんです。施設の画像がすべて崩れて廃墟になるという……ただの愉快犯である可能性もあるのですが、大事な時期ですので徹底的に調べる、といってイスハーク殿下自ら特別対策班を組んで調査に乗り出しているところです」

ウマルがルシュディーの言葉を引き継いで、ことのあらましを説明した。

「なぜ……私にはなにも……」

朝まで隣で眠っていたのに。自分にはなにも知らされなかった。

「朔矢さま、それは」

「確かに私にはコンピューターの知識もないし、役に立たないかもしれないが、でも……っ」

なだめようとするウマルをさえぎって、朔矢は言い募る。

——君の背中は私が守るよ、イスハーク。君がずっと前を向いて進んでいけるように……。

誓ったのに。彼は朔矢のことを信頼してくれなかったのだろうか。

そう思うと哀しくて、朔矢はうなだれる。

「……あのさ。兄さんは、朔矢に心配かけたくなかったんじゃないかな」

ひざの上で固くこぶしを握り締める朔矢に、ルシュディーはやわらかく話しかけた。

「そんな、私は……っ」

飾り物のように扱われたくなどない。そう言い返そうとしたが、

「朔矢が来てすぐ、妨害活動が活発になったなんて、やっぱりあの子は疫病神なんだ」

ルシュディーの言葉に、朔矢は動きを止める。

――お前の父親が起こした災厄で、外国人に対する目がさらに厳しくなった。そのうえ、元凶の息子であるお前を連れてきたイスハークの行動を非難する者もいるのだ……。

国王の言葉を思い出したとたん、ざっと全身から血の気が引くのを感じた。

顔を強張らせ蒼《あお》ざめた朔矢を見つめ、

「そんなこと、僕は思ってないよ？　でも頭の固い、心ない人はそう言ってる。――なんて知られたら、君がどんなに気にするだろう。そう考えてるんだろうね、兄さんは」

ルシュディーは困ったように笑ってそう言った。

「あ……」

イスハークなら、いかにも考えそうなことだ。

実際、話を聞いただけで、自分はこんなにも動揺してしまっている。

それに、イスハークを裏切ったのは自分のほうだ。彼のもとから黙って出て行った自分が、一

度誓ったからといってそう易々と彼に頼りにされようなんて、虫がよすぎる話ではないか。

「海賊騒ぎのことも聞いてたし、ちょっと君の様子を見てきたほうがいいんじゃないか、なんて余計な声が上がったもんで、僕が出てきたんだ。久しぶりに会いたかったし、朔矢もヒヒジジイたちにしゃしゃり出てこられて口やかましいこと言われるより、僕のほうがいいでしょ？」

ルシュディーは周りの不満の声を抑えるために、わざわざ忠告に来てくれたのだ。

「ええ……ありがとうございます。殿下」

感謝の気持ちを込め、朔矢は礼を述べる。

「まあ、ついでに『ジュメイラ・ワールド』の施設も見て回りたかったし。ほら、僕は関わってないから招待されてないんだよね」

軽い調子で言うルシュディーに彼流の気遣いを感じて、朔矢は微笑む。

「それと、兄さんのお嫁さん候補も見てみたかったんだけど……ちょっと、変な話を小耳に挟んだし、気になるから」

「イスハーク殿下の、ですか……」

ルシュディーの口から出た言葉に、朔矢の心臓がギクン、といやな音を立てて跳ねた。

国王からも、「イスハークが次代の王として地盤を固めるためにも、姫をめとらねばならぬ」と聞かされていたのだ。今さら、そんなことで動揺するほうが間違っている。

けれど……具体的な話を聞かされてしまえば、やはり胸が騒いでしまう。

「兄さんの花嫁狙いでこのレセプションにかこつけて色んなところから王侯貴族や著名人の娘が来てるって話だけど、その中に『毒入り姫』が混ざってるって話があってね」

「『毒入り姫』……？」

物々しい名前に不安を煽《あお》られて、朔矢は眉をひそめる。

「昔、少しずつ毒を飲ませて体液すべてが毒になった姫を、政敵に送り、交わらせて暗殺したって話があったんだ。今はもちろんそんな手間のかかることはしないだろうけど、要は兄さんを追い落としたいヤツの思惑で送り込まれた娘がいるんじゃないかってことだよ」

「まさか、そんな……」

「まあ、単なる噂だけどね。でも実際、騒ぎが色々起こってるでしょ？　だからちょっと様子だけでも見てみたかったんだけど、彼女たちは別館に隔離されてて、男は立ち入り禁止なんだ。よっぽど兄さんに気に入られたいのか、みんな律義にこの国の戒律に従ってるから、外で運よく会えたとしても、アバヤを頭からかぶってほとんど口も利《き》いてくれないだろうしね」

女性を使うなどという卑怯《ひきょう》な企《たくら》みは、絶対に阻止しなくてはならない。しかも、イスハークの花嫁になるかもしれない人が、だなんて……。

ルシュディーの話を聞きながら、朔矢がどうしたらいいのだろうかと思い悩んでいると、

「……気になる？」

彼はいたずらっぽく笑って尋《たず》ねてきた。

「それは……もちろん」

その笑みになにかよくないものを感じながらも、朔矢は正直に答える。

「僕じゃ駄目だけど、君なら方法があるんだけどな。彼女たちと接触する方法。――どう、試してみない？」

王子であるルシュディーにできなくて、自分にできることなどあるのだろうか？

疑問に思いながらも、自分にできることがあるなら、と朔矢は思い切ってうなずいた。


朔矢が歩くたび、シャラシャラと涼しげな音が鳴る。

額に耳、首や手首、足首……とにかく色んなところにつけられた装飾品の数々がこすれ合って立てる音なのだが、頭からスカーフを深くかぶり、顔にはベール、そして全身を覆う黒い外套《がいとう》、アバヤを着ているおかげで、外側からは朔矢の格好はまったく分からない。視界をさえぎらぬように目だけが出ている状態だ。それだけが唯一の救いだった。

「どうしたの？　よく似合ってるんだから、自信持って」

ルシュディーはほがらかに言って、うつむきがちに歩く朔矢の背を励ますように撫でた。

「アバヤなら、誰だって似合います。……ほとんど全身隠れるんですから」

「ああ、ごめん。僕はその下の姿を見てるからね。つい思い出しちゃって」

そう言ってニコリと笑うルシュディーを、朔矢はうらめしい思いを込めてじっとりと睨《にら》む。

似合うわけがない。こんな……。

「……そんなもじもじしてたらかえって目立つよ。まあ、それも物慣れない令嬢っぽくていいかもしれないけどね」

自分の姿を意識して身を縮めるとさらにからかわれ、朔矢は唇をギュッときつく引き結ぶ。

——屈辱だ……っ。

イスハークの花嫁候補に関するきなくさい噂がなければ、死んでもこんな格好などしないのに……。

ルシュディーの「男性は入れないんだったら、女性に変身すればいい」という非常識な提案で、朔矢は令嬢に変装させられることになった。

冗談ではないと、朔矢は即座に拒もうとしたが、「あれ、男に二言はないんじゃなかったっけ?」と挑発され、さらに「信用できる相手じゃないとこんなこと頼めないよ。お願い!」とまで言われてしまったら、はねつけることはできなかったのだ。

渋々承諾したとたん、ルシュディーは気が変わらないうちにとでもいうように、速攻でウマルに言いつけて朔矢に合うサイズの女物の服をかき集めさせ、「朔矢が完璧なレディになれるように」吟味《ぎんみ》して、というか楽しげに物色しながら、あれこれと朔矢に身につけさせた。

なんだか騙《だま》された思いになりつつも、着替えを済ませた朔矢はルシュディーに連れられて、自分たちが泊まっていた、島に建つ城の東端にある女性たちの集まる仮ハレムとでも言うべき別館へと向かった。

入り口にはいかつい体格の衛兵が数人立って守りを固めていたが、ルシュディーの顔を見て、一斉に敬礼する。

「この子がさっき連絡した令嬢だ。大切な方だから、くれぐれも粗相のないように頼むよ」

そう言って彼は朔矢を入り口へと押しやった。

——こうして朔矢は、男子禁制の女の園へと足を踏み入れることになったのだ。

一歩中に入ると、そこは外観の堅牢さとは程遠い、絢爛《けんらん》豪華なリゾートホテルだった。

大勢が集まる一階の大広間は白大理石と淡いブルーの洗練された内装。しかも海側が大きなステンドグラスの扉になっていて、開け放たれたその扉から続く中庭には、巨大なプールと、椰子《やし》の葉や花々で飾られた東屋《あずまや》があり、その先には木々に区切られたプライベートビーチまであった。

海に沈みゆく夕陽は、最後の力を振り絞るようにして金色の光を水面に散らせ、輝く。

そしてその開放的な空間にふさわしく、きわどい衣装を着た、まばゆいばかりの美女たちが、豪奢な宝飾品のごとく場に彩《いろど》りを添えていた。

まさに百花繚乱《りょうらん》とばかりに咲き誇る女性たちを前に、朔矢は圧倒され、入り口で立ち尽くす。

探るとはいっても、バシュヌークにいた十七才まで朔矢は女性とほとんど接触したことがなかったせいもあって、異性に関して奥手だし、もともと無骨《ぶこつ》で女性に話しかける話術もない。

どうすればいいのか迷っていると、朔矢のところに女性が何人か集まってきた。

「あなた、今日はじめて来た子よね。ルシュディー殿下と一緒にいらっしゃったんですって？」

女性たちの中の一人が、育ちのよさそうな屈託《くったく》のない口調で朔矢に声をかける。

問いに朔矢がうなずくと、女性たちがキャアッ、と声を上げてはしゃいだ。

「ルシュディー殿下って、やっぱりお兄さまのイスハーク殿下に似ていらっしゃるのかしら。イスハーク殿下はお写真で拝見させていただいたことがあるんだけど」

ルシュディーのことを聞いてきたが、あいまいにごまかしていると、気にする様子もなく話題は兄であるイスハークのことに移った。女性たちの会話はとりとめもなくて、加わるどころか聞いているだけで精いっぱいだ。

「あなた、ずっとうつむいて……シャイなの？」

プールで遊んだばかりなのか、白い胸元に水滴をしたたらせたビキニ姿の女性がすぐ傍《そば》まで近づいてきて、朔矢はドキリとして思わずあとずさる。

「み、みなさんとても綺麗で、華やかですから……目のやり場がなくて」

男と気づかれませんようにと内心冷や汗をかきながら、なるべく高い声を出すのを心がけつつ朔矢は答えた。

アバヤとベールで顔を覆っていてよかった、と心底思う。水着姿くらいで真っ赤になった顔を見られたら、絶対に不審がられたに違いない。

「だって、ここでしか自由に着飾れないんですもの。ここは綺麗で素敵だけど、メインの施設には殿方たちがいるからうかうか出歩けないし」

「そうよね。イスハーク殿下とお知り合いになれると思ってすごく楽しみにしてたのに、男女に分けられて肝心の殿下とはぜんぜんお会いできないし」

女性というのは思った以上におしゃべりが好きらしい。

人の話は目を見てきちんと聞くというのを礼儀として心掛けている朔矢が、令嬢たちのたわいもない話にも一つ一つ丁寧に耳を傾けて相槌《あいづち》を打っていると、勝手に色んな令嬢が話しかけてくるようになった。

観察していると、だいたいみんな朔矢に話すだけ話して気が済んだら、またプールやスパ施設に散って……といった具合だ。たまに外から令嬢たちの親族が訪ねてくるが、彼らが入ってこられるのはエントランスの脇の小部屋までという徹底ぶりだった。

「ところであなた、なぜこんなところでまでアバヤを着込んでるの？　頭まですっぽりかぶっちゃって」

「あ…、これは……」

シャンパンゴールドのミニドレスを着た令嬢に眉をひそめられて、朔矢はうろたえる。

男性の目がないせいか、着飾ることが好きなのか、みんなドレスにしても水着にしても少し大胆すぎるデザインで堂々と歩いている。そんな中、黒のアバヤで全身を包んでいる朔矢は周りから見ると異様に映るのかもしれない。

だが、もしアバヤを取って男と知られてしまったらただではすまない。この国で騙すようにして女性のもとにもぐり込むなど、不届き者として厳罰を与えられてもしかたない行為なのだ。

女のように装った姿を見られるのが恥ずかしいというのももちろんあったが、それよりもバレた時の恐怖のほうが大きかった。

「ひょっとして、あなたもアラブ圏のどこかの姫さまなの？」

返答に困って沈黙していると、女性の口からとんでもない言葉が飛び出てきて、朔矢は焦《あせ》ってブルブルと大きく首を振り否定する。

「そうなの……ほら、あそこにいる彼女。聞いたこともない小さい国の王女らしいんだけど、バシュヌークとも縁の深い由緒ある血筋らしくて、絶対にイスハーク殿下は自分を第一夫人に選ぶはずだって自信満々で、鼻につくのよね」

グロスで濡れたように光る唇をツンと尖らせて、女性は目線を朔矢のなめ後ろに流す。

気になって朔矢が振り向くと、こちらをじっと見つめているアバヤを着た褐《かっしょく》色の肌の女性と目が合った。

だが、朔矢のような真っ黒の重たげなアバヤではなく、褐色の肌の女性のアバヤは肩から腕を覆う部分以外すべて、繊細な模様の描かれたレースになっていて、その下には目も覚めるようなエメラルドブルーのタイトなロングドレスが透けて見えていた。

朔矢が気づいたのを見て、褐色の肌の女性が近づいてくる。

「あなた……なぜそんな格好をしていらっしゃるの？」

朔矢から二歩分ほど離れた場所で止まり、彼女は声をかけた。

褐色の肌の女性からふわりとただよう、濃厚な乳香の香りが朔矢の鼻をくすぐった。彼女にふさわしい、高貴な香りだ。

二十才前後だろうか。頭のスカーフもゆるくふんわりと巻いているので、美しいブルネットの巻き毛や、念入りな化粧の施された少しきつめの美貌が損なわれることはなく、むしろ神秘的な印象さえ与える。

普通、アラブ圏でも女性ばかりの場ではアバヤを着る義務はないので、彼女の場合、身体を隠すというよりは民族衣装として着ているのだろう。

「私はサミーラ……シャミル国の王女です。慎み深いのはよいですが、私たちに顔も見せないのは失礼ですよ。いいかげんベールくらい外しなさい」

挑むようなまなざしを向けて冷然と命令するサミーラに、朔矢は困窮《こんきゅう》し、身体を強張らせた。

だがこれ以上拒むと余計に不審がられるだろう。朔矢は覚悟して、恐る恐る顔を覆うベールを外す。

あらわになった顔を見て、少し驚いた風に目を見開くサミーラに朔矢はドキリとする。だが、

「ルシュディー殿下のお知り合いだそうだから、てっきりこちらの方かと思っていたのですが……違うのですね。東洋の方？」

サミーラはどこかホッとした様子で言った。

別に男と気づかれたわけではないと分かって、朔矢も胸を撫《な》で下ろす。これも、念入りにほどこされた化粧のおかげだろう。

あいまいな笑みを浮かべ、どう答えたらいいのかと朔矢が考えていた時。

突然、館内中に響き渡るほどの令嬢たちの甲高い歓声が沸き起こる。

いったいなにが起こったのかと驚く朔矢の耳に、

「イスハーク殿下……っ」

サミーラのうわずった声が聞こえ、心臓がバクン、と飛び出しそうなほど大きく跳ねた。

まさか、と思いつつも恐る恐る顔を上げ、令嬢たちの視線の先をたどる。

すると――――きらびやかな衣装を身にまとい魅惑的な身体のラインをあらわにして美しさを競っている女性たちに囲まれて、イスハークはかすむどころか強烈な存在感をもって、そこにいた。

――――なんでまた、よりによってこんな時に……っ。

彼にこんな情けない格好をしている自分を知られたらと思うと、朔矢の身体から血の気が引く。

「突然の非礼、お赦しください。どうしてもあなたがたに直接お会いしたくて、罪なこととは知りつつもやってきてしまいました」

彼女たちの黄色い声を割って、イスハークの低く艶やかな美声が響く。

ずっと会うことを熱望していた王子からかけられたその言葉に、令嬢たちはますます興奮した様子ではしゃいだ。

寄り添う令嬢たちの華奢《きゃしゃ》でまろやかな肢体は、荒々しいほどの雄々しさと品格を兼ね備えたイスハークの男ぶりをさらに際立たせる。

チャンスとばかりにイスハークの周囲に集まり、彼女たちはなんとか自分を印象づけようと妖艶な笑みをたたえて話しかける。

イスハークを頬を赤くして見ていたサミーラは、彼女たちの積極的な態度にハッと我に返った様子で顔を引き締めると、手早く身だしなみを直し、凛然と背筋を伸ばして輪の中へと進んでいった。

近づくサミーラに気づいたのか、イスハークがこちらを振り向く。

目が合った気がして、朔矢は急いで顔をベールで覆い直した。

だが、イスハークはサミーラの動きを追い、傍に来た彼女に微笑みかける。

イスハークの風格ある姿はどんな美女ともよく映《は》えるが、やはり、同じアラブの民族衣装を着た美形二人が並ぶと、他を圧倒し、そこだけ空気が変わったような錯覚さえ覚えた。

なまめかしい美女に近づかれただけで緊張してあがってしまう朔矢とは違い、イスハークは実に自然に、それでいて堂々とした男らしい態度で、彼女たちを惹きつけている。

十三才から女を覚えて、彼が色んな女性との経験があることを、朔矢は知っている。きっと、朔矢がいなくなったあとも――


そう思った瞬間、朔矢の胸に、ズキリと鋭い痛みが走る。

自分には、それを咎める権利などないというのに……。

いたたまれなくなって朔矢はそっと入り口へ向かい、大広間から逃げるようにして立ち去った。


そのまま別館から出て行こうとして、ハッと今の自分の状況を思い出して朔矢は足を止めた。

夜、女性一人で外に出て行くのは、この国では褒《ほ》められたことではない。衛兵に見咎められたらどう言い訳したらいいのか……。

ルシュディーかウマルに迎えに来てもらうか、朝になってからここを出て行くか。

どちらにしても、とりあえずイスハークが出て行くのを待とうと、朔矢は緊張しつつも時間がつぶせそうな適当な空き部屋を探して廊下をうろつく。

ようやく物置のようなところを見つけて、中に足を踏み入れた瞬間。

「なにかお困りですか？　お嬢さん」

いきなり後ろから声をかけられて、朔矢は驚きに思わず飛び上がりそうになる。

間違えようもない、低音の美声。

こわごわと首だけめぐらせて、朔矢は声の主を盗み見る。すると、

「……っ！」

すぐ目の前に迫るイスハークの顔が視界に飛び込んできて、朔矢は危うくめまいを起こしそうになった。

「ああ……申し訳ありません。驚かせてしまいましたか？　先ほどからなにかお探しの様子だったので、気になって。なにか私にできることがあったらお手伝いしますよ」

紳士的に微笑んで申し出るイスハークに、朔矢は急いで首を振った。

どうしてここにいるんだとかいつからいたんだとか、聞きたいことは山ほどあるが、できない。声を聞かれたら、絶対にバレる。相手は声変わりする前から朔矢を知っているイスハークだ。いくら声を作ったとしてもごまかせるわけがない。

「慎ましい方ですね……実は、ずっと気になっていたのですよ。あなたのことが」

イスハークはそう囁いて、さらに朔矢に迫ってくる。

ろくに近づきもしなかったのに、と困惑しつつも、みんなと違う朔矢の行動がかえって目についたのかも、とヒヤリとする。

「肌もあらわに着飾って美しさを競う女性たちよりも、あなたのその慎ましさこそが、私にとってなにより好ましいのです……。どうかそのベールを取って、私にだけそっと、あなたのその愛

らしいお顔を見せてはくださいませんか」

そっとベールの上から頬をなぞってくるイスハークに、朔矢は焦ってふるふると首を振った。

なにを根拠に言っているのか知らないが、愛らしいとか勝手に決められても困る。ベールの下はよく見知った顔に、化粧を施してあるだけの代物なのだ。

「なぜ？　男が怖いですか？　それとも……私がお嫌いですか…？」

問う顔が、なぜか思い詰めたような真剣さを帯びている気がして。

嫌いだと示せば離してくれるかも、と思ったが……どうしても肯定することができず、少し迷ったあげく、朔矢はやはり、小さく首を横に振った。

「よかった……あなたに嫌われていたら、どうしようかと思った……」

誠実そうな口調で囁かれ、一瞬ドキリとする。

だが、だったらいいだろうとばかりに強引に腰を引き寄せてこられて、朔矢は顔をしかめた。

――初対面の女性に、こんな不埒《ふらち》な真似をするのか、こいつは……！

ムッとしつつ朔矢は手を払いのけ、あとずさって距離を取る。

隙を見て逃げようと入り口を見やる朔矢に、

「逃がしませんよ」

そう言うと、イスハークは先手を取り、後ろ手にドアを閉めた。

「……ッ」

逃げ道を閉ざされて、朔矢は焦りと怯《おび》えに息を呑む。

「焦《じ》らすのがお上手ですね、あなたは……そんな風に煽られたら強引に奪ってしまいたくなる」

色悪といった笑みを浮かべたイスハークが、じりじりと迫ってくる。その悪魔めいた艶に圧されて、朔矢の喉が急速に渇いた。

こういう時、本物の女性なら可憐《かれん》な声で悲鳴を上げて人を呼ぶのだろうが、朔矢にはできない。声を聞かれてバレるのがいやだというだけでなく、そんな真似はみっともないという矜持《きょうじ》が捨てられないからだ。

なんとか逃げようとするが、慣れないアバヤとヒールのある靴に足を取られ、うまく動けない。

「――――…ッ！」

ドアに向かう途中でつまずきそうになったところを、イスハークの腕に抱きかかえられる。

「ほら、つかまえた……どうしました。本当にいやなら声を上げて助けを呼んでごらんなさい」

彼は腕に収めた身体を淫《みだ》らな手つきでなぞり、朔矢を挑発する。

アバヤを着ているとはいえ、身体の感触で男だと気づかれないだろうかと不安になり……それ以上に、密着した彼の身体の感触に、朔矢はおののく。

「あなたが欲しい。――――この神秘的な黒いベールに包まれた、震える身体を暴いて、私の熱でその白い肌を可憐で淫らな桜色に染め上げたい……」

「……っ、……」

ベール越しにくちづけられながら、熱い言葉を吹き込まれ、背に這い上がってきたゾクリとした疼《うず》きに、朔矢は息を詰めた。

そんな場合ではないと自分を戒めていても、イスハークにこんな風に甘く情熱的に求められると、どうしようもなくじわりと身体が火照《ほて》ってきてしまう。

だがこれは、朔矢自身に向けられたものではないのだ。

甘やかで、したたるような男の色香で惑わせて迫る。こういったやり方で翻弄して、いつも女性を口説いているのかと思うと、朔矢の胸の中にどろりとした苦いものが込み上げてきた。

キッとまなじりを上げてイスハークを睨む。すると、彼はスッと目を細め、

「慎ましい態度とは裏腹に、凛々《りり》しく挑むような目をしてみせる……あなたは、いつもそんな風に男を誘うのですか?」

そう言って、朔矢の双丘を大きな手でわしづかむ。

「っ……! あ……」

慣れた手つきで尻たぶを揉《も》み込まれると、その奥を責められる快感を思い出してしまって。腰に走る痺《しび》れに、朔矢の身体はビクビクと波打った。

「布越しに触られただけで感じるのですか、あなたは…? 心は初心《うぶ》なくせに、身体は淫乱だ」

朔矢の反応をからかいながら、イスハークはツ…、と双丘の割れ目に指を這わせる。

彼の不埒な指はそのまま双丘の割れ目に沿ってさらに下、きわどい場所にまで下りてきて……。

「い…、いいかげんにしろ……ッ！」

これ以上耐え切れないと、たまらずに朔矢はとうとう声を上げてしまった。

見下ろすイスハークの目が見開かれるのを見て、朔矢の全身から、ザッと血の気が引く。

――気づかれた……！

どう言い訳すれば、とうろたえ、羞恥と焦りに朔矢はパニックを起こしそうになる。だが、

「――やっと音《ね》をあげたか。頑固者め」

イスハークは驚くどころか、してやったりと言わんばかりにニヤリと笑い、不敵にそう言い放ったのだ。

「……え……」

状況が把握できずに呆然とする朔矢に、彼はやれやれ、と肩をすくめてみせる。

「も…、もしかして、私だと知っていてあんなことをしたのか…!?」

信じられない思いで問う。すると当然だろう、といった様子で尊大に眉を上げて笑う彼に、朔矢の憤《いきどお》りが弾けた。

「悪趣味だ！　なにを考えているんだ、君は……ッ」

最初から分かった上でからかっていたのだと気づき、朔矢は憤りに声を荒げる。

「そう怒るな。小鳥のように震えるしかない、いたいけなお前を堪能できるチャンスなんてそうそうあるもんじゃないからな。いつもはそうやってすぐにムキになって毛を逆立てるだろう?」

そう言うと彼は微笑《わら》って、いからせた朔矢の肩をなだめるようにやわらかく撫でる。

「結局、私をからかって反応を楽しみたかっただけじゃないか。女性と勘違いしているのかと思って本気で焦ったのに」

言いながら、朔矢は急に気持ちが軽くなっていくのを感じていた。

からかわれて悔しいと思っているのに、ホッとしている自分がいるのだ。女性ではなくて、朔矢自身を対象にしていたのだと知って……。

「みくびるなよ。俺にお前が分からないわけないだろうが。一目見て気づいたぜ」

不遜に言い切るイスハークに、朔矢は目を見開いた。

彼がこちらを見ていたというのは感じていた。けれど、それはごくわずかな間で……しかも、今の朔矢は念入りに化粧しているというのに、それでも彼は気づいてくれたというのだろうか。

そう思うと気恥ずかしいような、切ないような思いが湧き上がってきて、朔矢の胸がキュ…ッと甘く引き絞られる。

イスハークはベール越しに朔矢の顔をなぞり、

「でも、一瞬しか見られなかったんだ。もっとじっくり見せてくれ。俺の目の前で……」

そう言うと、今度こそ遠慮なくベールに手をかけた。

「やめ……っ」

抵抗しようとする朔矢の身体を腕の中に封じ込め、彼は顔を覆うベールを外す。

ヒヤリとした夜気に肌を撫でられる感触に、朔矢は息を詰めた。

今の自分は、きっとひどい有様になっているはずだ。

いざという時のためにきちんと身だしなみを整えないと、と言われ、色々と塗りまくられた。化粧が終わったあと鏡を向けられたが、鮮やかな色で彩られた目じりや唇に度肝を抜かれて、とても自分の顔を直視することはできなかった。

イスハークに女のように装う自分を見られるというだけでも屈辱なのに……どんなことになっているか、考えるだけで恐ろしい。

あらわになった朔矢の顔を見た瞬間、彼は目を大きく見開いたあと、フッ、と小さく笑う。

「わ…、笑うなら、遠慮せずにもっと声を出して笑い飛ばせばいいだろう…！　そのほうがいっそせいせいするっ」

笑われた悔しさに、朔矢はまなじりを吊り上げて叫んだ。

「どうもお前は、自分の評価を間違えているようだな。……そんな悲壮な顔をして」

イスハークは困ったように眉をひそめ、朔矢の頬をやわらかく両手で包み込む。

そして、真摯《しんし》な瞳で戸惑う朔矢を見下ろすと、

「――――綺麗だ」

吐息混じり、低く甘い声でそう囁いた。

思いもかけない言葉に、朔矢は思わず固まってしまう。

「こちらのメイクにしては薄化粧だが、お前の清廉《せいれん》で凜々しい目じりと唇に紅が入っただけで、ずいぶんと凄みのある、妖艶な顔立ちになるものだな。ずっと見てきたのに、朔矢にこんな一面があるとは気づけなかった……」

イスハークはそう言って、少し悔しそうに頬をゆがめて笑う。

「も、もうこれ以上、からかうのはやめろ……っ」

イスハークの言葉に翻弄されてしまう恥ずかしさと悔しさに、朔矢は泣きそうになりながら、彼の視線から逃れようと身体をよじった。

「からかってなんかいない。本気で言っているのが分からないのか？　今も、さっきも……」

さっき、の意味が分からずに首をかしげる朔矢に、しょうがないヤツだ、と囁いて彼は再び双丘へと手を伸ばしてきた。

淫靡《いんび》な手つきで双丘を撫でられて、朔矢はようやく先ほど口説かれながら途中までほどこされた行為を思い出す。

――あなたが欲しい。この神秘的な黒いベールに包まれた、震える身体を暴いて、私の熱でその白い肌を可憐で淫らな桜色に染め上げたい……。

ベール越しのくちづけを受けながら囁かれた言葉がよみがえって、朔矢の頬は火照る。

まさかここで、不埒な行為に及ぼうというのだろうか。

「ッ……だ、駄目だ……こんな場所…っ、もし人に見られたりしたら……」

今も同じ屋根の下に、大勢の令嬢たちがいるのだ。ひょっとしたら、いなくなったイスハークを探しに来る人もいるかもしれない。

もし自分の正体が知られてしまったら。考えただけでも恐ろしく、朔矢は身を固くする。

イスハークはそんな朔矢を見下ろすと、

「それでは――私と今宵《こよい》、デートしていただけますか、お嬢さん。約束してくださったなら、この館から連れ出して差し上げますよ」

彼はうやうやしく朔矢の手を取り、先ほど見せたばかりの紳士然とした口調でそう申し出た。

誰がお嬢さんだと、芝居めいたイスハークの口説き文句に反発を覚えながらも、この場を抜け出せるならと、朔矢は目じりを染めて小さくうなずいた。

イスハークに連れられて、朔矢は女の園となった別館から無事、抜け出すことができた。

そのまま、船付き場にとめてあった小舟に乗って、二人は島を離れた。

「寒くはありませんか？　夜風にあたって冷えたでしょう」

イスハークはそんな風に優しく声をかけて、小刻みに震える朔矢の身体を抱き寄せる。

だがその実、朔矢が震えているのは寒さのせいではなかった。

船尾で舟を漕ぐ船頭を気にして朔矢が口を利けないのをいいことに、イスハークは身体のあちこちをまさぐってきたのだ。

「……、……ッ」

いくら手を押し戻そうとしても、きつい目で睨みつけても、イスハークはなに食わぬ顔で不埒に手を這わせ続けた。

そうやって朔矢が声を殺す姿を楽しんだり、密やかに淫靡な言葉を囁いて煽ったりと、彼は散々いたずらの限りを尽くした。

そんな状態だったから、対岸に着いた頃には朔矢はすっかりへそを曲げてしまっていた。

船付き場の傍につないであったラクダに乗る時も、当然のようにイスハークの前に座るように言われ、朔矢は反発した。

「ラクダくらい私だって乗ったことがある。そんな、わざわざ君に乗せてもらわなくても……」

密着しているとまたいたずらされるのでは、という心配と、船頭の目もない今、もう女扱いに甘んじたくない、という意地もあってそう言い募ったのだが……。

「自分の格好を忘れたのか？　お嬢さん」

「う……っ」

イスハークにそうたしなめられ、朔矢は言葉に詰まる。

女性の姿で夜、しかも一人乗り物に乗るのはこの国ではめったにないことだから悪目立ちするだろうし、慣れない衣装で久しぶりのラクダを乗りこなす自信はなかった。

一人で乗れると格好をつけたあげく、振り落とされでもしたら、目もあてられない。

渋々イスハークの言うとおり、ラクダに取りつけられた鞍《くら》にまたがる彼の前に、横座りで腰を下ろした。

彼がたづなを引くと、ラクダはしゃがんだ状態からヌッと立ち上がる。その衝動で身体を揺さぶられ、久しぶりの感覚に朔矢は緊張する。

だが乗っているうちに、だんだん勘を取り戻してきて、ラクダ独特の動きが楽しくなってきた。

しばらく行くと、建物や植林された緑が消えて、視界が大きく拓ける。

「うわ……」

目の前に広がる光景に、朔矢は息を呑んだ。

あたり一面に広がるのは、砂の海。

さらさらとした粒子の細かい砂は、月の光を浴びて蒼白く輝く。そして時折吹く強い風が、まるでさざなみのように砂を波打たせ、砂丘に描かれた模様を変えていった。

そしてその上には濃紺の空が、日本では忘れ去られたような小さな星々さえもはっきりと映し出し、神々しいほどの無数の輝きをまとっていた。

吸い込まれるような静寂の中、深海のような、枯山水《かれさんすい》の描く宇宙のような、不可思議で神秘的な空間がそこにあった。

その景色に圧倒され、朔矢の唇から思わずため息が零れ出る。

「壮観だろう。ただ人の手を加えた自然や施設で楽しんでもらうばかりではなく、この国本来の美しさも味わってもらいたいと思って、ここはほぼ手つかずのままにしているんだ。砂漠の遊牧民の気分に浸れる場所にしたくてな」

誇らしげに言うイスハークに、朔矢は言葉もなくただうなずいた。

「この景色、ずっと朔矢に見せたいと思っていたんだ。連れてこれてよかったよ」

しみじみと言う彼に、じわりと喜びが湧いてきて、朔矢は顔をほころばせる。

「なんだか……時が急にゆるやかになった気がする」

悠久《ゆうきゅう》の刻を感じるこの景色のせいだろうか。

自分を縛る色んなしがらみが、急にちっぽけでささいなことに思えて、朔矢の肩からふっと力が抜ける。

「とても静かで……まるで世界に二人きりになったようだ」

あたりを見渡しながら、朔矢はポツリと呟いた。

自分たち以外、生物の息吹を感じないこの空間にいると、世界には自分とイスハークしか存在しない、そんな錯覚を起こしそうになる。

「そうだな……お前とだったら、それもいいかもな」

彼はしみじみとそう言って、手を握り締めてきた。

その言葉に、朔矢の胸が切なく締めつけられる。

けれど実際はあり得ないことだ。今もあの島の別館には、イスハークの花嫁になることを夢見る姫君たちがいるのだから――

現実を思い出して、朔矢は今、彼を独り占めしている申し訳なさとうしろめたさにうつむく。

「なんだ。まだ拗《す》ねてるのか」

尋ねる彼に、朔矢は首を振った。

「よかったのか…？　せっかく令嬢たちに会いに来たのに、さっさと帰ったりして」

朔矢は自分を戒めるためにあえて、令嬢たちのことを口にする。だが、

「よかったもなにも、お目当てはもうとっくにこの手に収めたからな。問題ない」

イスハークはあっさりとそう言ってのけて、朔矢の腰を抱き締めた。

「あ……」

自分に会いに来たのだと言われ、朔矢はドキリと胸を高鳴らせる。

あのまばゆいほどにきらびやかで綺麗な人たちを置いて、イスハークは自分を追いかけてくれたのだ……。

そう思うと、うれしさと愛しさがあふれ出して、朔矢の胸は甘く締めつけられる。

しかし偶然ではないということは……と眉をひそめ、ハッと気づく。

「まさか……私がもぐり込んだことも知っていたのか…!?」

「ああ。気の利く弟が教えてくれたよ。素敵なものが見られるから行ってみろってな」

ルシュディーに聞いたと言われ、納得しつつも、なぜわざわざそんな厄介なことを…、と朔矢は頭を抱える。

「そんなことのために、わざわざあんなに目立つ形で女性たちのもとにまで乗り込んできたのか？　もしなにかあったりしたら……」

ほとんどが未婚男女が顔を合わせることに抵抗はない外国人女性たちで、しかも他ならぬイスハーク目当ての人ばかりだったからこそ歓迎されはしたが、本来はルール違反だ。誰か一人でも不快感を持った女性がいたなら、騒ぎになる可能性もあったのに。

だが、

「危ない橋を渡って得るからこそ、密やかに咲く美しい花を手に入れた時の喜びは増すというものだ」

まったく臆《おく》することなく言ってのけ、朔矢を抱き締めてくるイスハークに、そんな心配は微塵も感じられない。

悔しいが、確かに彼は魅力的だった。こんな傲慢な振る舞いさえも好ましく、その手でなら奪われて花散らされても構わないと思ってしまうほどに……。

「それにしても、実際にこの目で見てみるまでは半信半疑だったぞ。俺のために、堅物《かたぶつ》のお前がこんな格好までしてくれるなんて考えてもいなかったからな」

彼にうれしそうに目を細めて見下ろされ、改めて朔矢の胸に羞恥が募る。

「別に…、君に見せるためではないぞ」

気恥ずかしくなって、朔矢はことさらそっけなさを装って言う。

実際、イスハークが来るなんて、想像もしていなかった。

それに結局、ルシュディーが望むような怪しい行動についても情報などなにもつかめなかった。

分かったことといえば、イスハークの花嫁候補がみんな、魅力的だということくらいで……。

「でも、俺のためだろう？」

甘く微笑んで言う彼に、朔矢はそれ以上否定できなくなる。けれど肯定するのも恥ずかしく、紅くなった目じりを見られたくなくてうつむいた。

「それより……大丈夫だったのか。その……」

話を変えようと、朔矢は気になっていたことを口にする。

朔矢が女の園にもぐり込もうと決心する原因となった、脅迫騒ぎがどうなったのか。

すごく知りたい。だが、ルシュディーの「朔矢のために」黙っているという言葉を思い出して、言葉を途切れさせた。

そんな朔矢の懊悩《おうのう》を見透かしたように、イスハークは苦く笑うと、

「大丈夫だ。とりあえずは…、だがな」

ため息をつくように、そう言った。

その重い声色に、状況が芳《かんば》しくないことを知って、朔矢は胸苦しさに眉を寄せる。

「新しいことを成そうとすれば、反発はつきものだ。昔のままがいいと思う気持ちは、俺にだって分からないわけじゃない。理想を追い求めるあまり、大切なものを見失っているんじゃないかと思うこともある……」

イスハークは切なげに細めたまなざしで朔矢を見つめ、言った。

そうだ。たとえば、イスハークと朔矢。二人の関係も、また変わっていく。

いくら、昔のままでいたいと願っていても——

苦しげに吐き出した珍しい彼の弱音に、朔矢の胸がえぐられるように痛んだ。

それでも。

朔矢は小さく首を振って感傷を打ち消すと、

「大丈夫だ……大丈夫」

抱き締めてくる彼の腕をさすりながら、ゆっくりとした口調で言い聞かせる。

「君は新しいものを追い求めながら、昔からある素晴らしいものも大切にしようとしているじゃないか、イスハーク。『ジュメイラ・ワールド』に残るこの景色のように——」

そう言って、朔矢は目の前に広がる雄大な自然に視線をめぐらせる。

自然は風に流れる砂のように少しずつ形を変えながら、けれどその美しさを変えることなく、ただ悠然とそこにある。

古き良きものと、新しい可能性と。

その二つを守りながら、時になにかを切り捨てる選択をしなければならないイスハークには、重い責任が伸し掛かっているに違いなかった。

せめて、少しでも彼の苦しみが消えればいいと祈りながら、朔矢はイスハークの手を包み込むように握り締める。

「お前は……いつも、俺が欲しい言葉をくれるな」

イスハークは吐息のように告げて、朔矢のつむじに顔をうずめた。

深海のような夜の砂漠を、たゆたうように渡っていく。

駄目だと分かっているのに。

暗闇にひそむ恐怖と神秘が人を惹きつけてやまないように——知るたびに、触れ合うたびに、どうしようもなく彼を愛しく思う。

布越しに感じる彼のぬくもりに、じわりと甘苦しい気持ちが湧き上がってきて。朔矢は気づかれぬよう、密やかに息をついた。


「——朔矢」

ふいにイスハークに名を呼ばれ、物思いから覚めて朔矢は顔を上げる。

「……これは……」

急勾配《こうばい》になった岩場の上に建造物が見えて、朔矢は驚きに目をみはる。

「『ジュメイラ・ワールド』もう一つの目玉、アザール小宮殿だ。古代の遺跡をそのまま保存してある。――――古代の王が、寵愛《ちょうあい》した美しい王妃に贈ったという宮殿だ。千年経った今もまだ、信じられないほど保存状態がいいんだ。もちろん修復は施してあるが」

砂漠の中にたたずむ、優美な白亜《はくあ》の小宮殿。

ほのかな明かりをともして浮かび上がるさまは、『アザール』という名前のとおり、まるで砂漠に咲く小さな花のようで。そんな可憐さと歴史を感じさせる重厚さを兼ね備え、アザール小宮殿はそこに建っていた。

イスハークは小宮殿の入り口でラクダから降りると、朔矢に手を差し伸べる。

一瞬ためらったが、朔矢は素直にその手を取って、ラクダを降りた。

イスハークは門番にラクダを任せると、朔矢の手を引いて入り口をくぐり中へと入っていく。

ところどころに灯《とも》されたランタンの明かりが石造りの宮殿の内部を照らす中、窓もない閉塞感のある迷路のような回廊を渡り、階段を登って行く。

そしてしばらくのち、急に開けた視界に映る光景に、朔矢は目を見開いた。

壁にアラベスクの文様が刻まれた広い部屋の中、天井に開いた丸窓から零れんばかりの星々が瞬き、天然のシャンデリアのごとく光り輝く。

星明かりが照らす下、ふわりとやわらかそうなシーツがかかった大きな寝台があった。

美しい光景に引き寄せられるようにして、朔矢が部屋に足を踏み入れようとした時、

「ひぁ……ッ!?」

いきなり身体を横抱きに持ち上げられ、びっくりして声を上げる。

「な、なにをしているっ。下ろせ、イスハーク…！」

「いやだね。初夜の褥《しとね》に連れていくといえば姫抱きが定番だろう？　――そちらこそ、観念しておしとやかにしなさい、お嬢さん」

彼は不遜に言うと、身をよじらせて抗議する朔矢に構わず、ベッドへと歩を進めていく。

「だ、誰がお嬢さんだ。もういいかげんおふざけはやめないかっ」

それ以前に、散々、それこそ数え切れないほど人の身体を貪《むさぼ》っておきながら、なにが初夜だ。

他人の目もなくなった今、女性の振りを強要されるのももう終わりだと朔矢は食ってかかった。

「ふざけてなんかいないさ」

だがイスハークは朔矢の身体をベッドへと下ろすと、そう言って逃がさぬように腕で囲う。

「イスハーク……？」

ふいに真剣な目で見下ろされ、戸惑いとかすかな怯えを感じ、朔矢は彼の名を呼ぶ。

イスハークは、そんな朔矢の頬をやわらかく撫でると、

「覚えてるか？　昔、俺が朔矢を妃にすると言い張って、お前と言い争いになったことを」

言いながら、その時のことを思い出したのか小さく笑った。

突然の昔話に、朔矢は一瞬虚《きょ》をつかれたが、すぐに思い出して、「ああ」と答えた。

「……覚えている。よくもまあ、寝ぼけたことを言うものだと正直あきれたぞ」

「ひどいな。ガキなりに本気だったんだぞ」

眉をひそめて言った朔矢に、彼は頰をゆがめ、苦く笑う。

初めて、最後まで身体をつなげた夜。イスハークは言ったのだ。

――お前を俺の第一王妃にする、と。

その時、朔矢がどんなに複雑な気持ちになったか、彼には分からないだろう。

男の身で王妃になることが無理なのはもちろんだが、当たり前のように出てきた『第一』という言葉も、朔矢の胸に突き刺さった。

この国では妻を何人も持つのが当たり前で、その中の一番目にしてやる、ということだったのだろう。

だが朔矢にとって、無二の親友と思っていた相手から、何人かいるうちの妻の一人にすると言われた――それがどうしようもなく悔しくて苦しくて、「馬鹿を言うな」とけんもほろろに突っぱねたのだ。

それでも――少年らしいまっすぐさで、イスハークに自分だけのものにしたいと告白された時……疼くような甘い気持ちを覚えなかったといえば嘘になる。

そんな朔矢の胸のうちを知ってか知らずか、

「夢みたいだ……お前が俺のために妻のように装ってくれて、こんな風に夜を過ごせるなんて」

イスハークはうっとりとしたまなざしで朔矢を見下ろし、喜びをあらわにする。

「夢は夢でも悪夢だろう。私のこんな姿など……」

イスハークの言葉に気持ちが浮き立ちそうになる自分が恥ずかしく、朔矢はことさらつっけんどんに言った。

「……悪夢か……」

朔矢の言葉に、イスハークは苦みを帯びた声でそう呟く。

どうしたのかと朔矢が彼を見上げる。すると、

「――朔矢が出て行ったあと、何度もお前を夢に見たよ」

そう言って、イスハークは切なげに細めた目で見つめ返してきた。

一番つらい思い出に触れられて、朔矢は硬直する。

「いきなりのことで、なにがいけなかったのか、なにを間違えていたのかも分からないまま、夜眠ると、夢で怒っていたり泣いていたり……色んなお前が出てきた。どうあがいても朔矢に手が届かなくて、悔しくて……それでも、見られるだけでもよかった。朝起きて、お前がいないことを思い知らされるより、ずっと」

ただ静かに淡々と告げられる言葉に、朔矢の胸の奥に抱えた傷が鋭くえぐられる。胸に走る強烈な痛みに、ただ息を詰めた。

朔矢の強張った頰をなぞり、

「だから……少し怖いくらいなんだ。あまりにもできすぎていて……」

夢ではないと確かめようとするかのように、イスハークは頬から首筋、そして緊張に上下する胸へと、手を這わせていく。

「……イスハーク……」

朔矢の胸が、狂おしく騒ぐ。

こんなにも、イスハークは朔矢のことで傷つき、悩んでいたのだ。朔矢がイスハークとの別離で苦しんだのと同じように……。

「朔矢……」

名前を呼んで、彼は朔矢のベールを取って顔を寄せてきた。

くちづけの予感に、朔矢はそっと目を閉じる。

「ん……っ」

熱くしっとりとした感触が重なってきた瞬間、朔矢の唇から思わず甘い吐息が漏れた。

――イスハークが求めるのならば、今宵だけ、自分は彼の花嫁になろう。

少年の頃、朔矢が拒んだことでついた傷を、少しでもうめられるように。そして、重責を抱える彼の活力になれるように――

そう決心して、朔矢はイスハークにやわらかく身を委《ゆだ》ねた。

何度も唇をついばまれ、誘うように舌を這わされて、朔矢は唇を薄く開く。

そのとたん、唇を割ってもぐり込んできた彼の舌を受け入れ、朔矢は背に手を回した。舌を絡められ、きつく吸い上げられる。その激しさに胸を喘がせながらも、朔矢は求められるだけ舌を与え、なだめるように彼の背を撫でた。

朔矢の気持ちが伝わったのだろう。

イスハークは惜しむように何度も唇をついばんだあと、ゆっくりと唇を離すと微笑んで、朔矢のスカーフを取る。

そして、全身を覆うアバヤへと彼の手が伸びてきた。

女物の服を着た姿を見られるのは恥ずかしかったが、彼のいいようにすると決めたのだ。

朔矢は羞恥と不安におののきながらも、腰を浮かせて脱がせようとする彼の動きを手伝った。

アバヤを身体から抜き取って、現れた朔矢の姿を眺め、イスハークは大きく目をみはる。

「お前……この服……」

彼は意外なものを見た、というように戸惑った様子を見せる。

「え……その、ルシュディー殿下が、これくらい当たり前だと言っていたんだが……」

朔矢は身体を見下ろし、改めて自分の姿を確かめる。

上は、胸と肩のごく一部分だけを覆う胴体部分と総レースのそでできているチョリという民族衣装を着ている。当然胸元は大きく開き、腹部はあらわになっていた。

そして下にはいているのは俗に言うハーレムパンツをもっとぴったりさせて両横に大きく何カ

所にも切れ目を入れたような形状のものだった。動くたび、横に開いた隙間から、太ももやふくらはぎはもちろん、腰のきわどい部分までちらちらと見え隠れする。上下とも身体に沿った黒の薄絹で、イスハークの強い視線に透かし見られてしまいそうな、そんな心もとなさを感じる。

最初はルシュディーの言葉を半分疑っていた。だが、いざ別館に行くと、布の面積の小さい水着や胸元もあらわなドレスなど、きわどい衣装を着た令嬢たちがいっぱいいるのを見て、やはり彼の言うとおりなのだと納得したのだが……。

「……違う、のか…？」

押し寄せる不安に顔を曇らせ、朔矢は恐る恐る尋ねてみる。

「そんな可愛い顔をするな……よく似合ってる。この腕に閉じ込めて、誰の目にも触れさせたくないくらい……」

「っ……可愛い…とか、言うな……」

言葉どおりに抱き寄せて、くちづけてくるイスハークに、朔矢は身をすくめた。

女性の服が似合うと言われて、男として屈辱で。けれど彼に気に入ってもらえたことに気恥ずかしさをともなった甘い感情が込み上げて、朔矢は複雑な気持ちになる。

「しかしこれは姫というより踊り子の衣装だろう。しかもラクス・バラディーの」

「んっ……そう…なのか……？」

彼にまじまじと見つめられながら上から胸をなぞられて、思わず感じてしまう。そんな自分が恥ずかしく、朔矢はうわずった声で問うた。

そういえば、急なことのうえに朔矢に合うサイズを探すということで、色んなところから寄せ集めてきたと言っていた。

それにしても、ラクス・バラディー…いわゆるベリーダンスと言われる官能的な踊りのためのものだったとは。道理でセクシーすぎると思ったのだ。

「やはりルシュディーは詰めが甘いな。今度、俺がきちんとしたドレスを贈ろう。俺の伴侶《はんりょ》にふさわしい、お前だけのために作らせたものを」

「い…、いらないぞ、そんなもの。もうこんな格好はしないからな…っ」

不遜に言うイスハークに、朔矢は焦って首を振った。だが、

「駄目だ。俺だけじゃなくて弟も、しかも俺より先におまえのこんな艶姿を見ていると思うと腹が立ってしょうがない。今度こそ、俺のために着飾ったお前を独り占めしてやるからな」

彼は真剣なまなざしで言い募る。

子供じみた独占欲をむき出しにするイスハークに、朔矢はきょとんと目を丸くし……そして、あふれてくる愛しさに、ふわりと顔をほころばせた。

「馬鹿だな……本当に」

胸に満ちる甘い感情をもてあまし、朔矢は眉をひそめて咎める振りをする。

イスハークがそんなにも求めるなら、どんなに恥ずかしくてもまた着てもいいと思ってしまう

自分も、同じくらい馬鹿だ。

これではとてもウマルもこの姿を見ているとは言えないな、と朔矢は胸の中で呟き小さく笑う。

「服はシンプルだが、ずいぶん色んな装具で飾り立ててるな」

イスハークは朔矢の全身をじっくりと眺めながら呟いた。

朔矢の身体を飾るのは、宝石や豪奢な宝飾品。

首に飾られたネックレスをはじめ、額や手首、そして腰や足元にまでブレスレットやアンクレットといった装飾品がはめられていた。

「ん……でも、さすがに指輪は合うものがなかったんだ。たとえあっても似合わないだろうな。雑巾《ぞうきん》がけで荒れて、竹刀《しない》を握りすぎて節くれだっているし……」

令嬢たちの、細く美しい指を思い出す。手袋をはめてごまかしてはいたが、なんだかいたたまれなくなって、朔矢は指を握り締めて隠した。

「なんの苦労も知らない白魚《しらうお》のような指よりも、お前のこの指が好きだ。苦しいことにも懸命に立ち向かう、お前の生き方が表れているような、この指が……」

イスハークはそう言って朔矢の手を取って指をほどく。そして手袋を外すと、指の一本一本にくちづけていった。

「イスハーク……」

その優しい感触に、朔矢の心にわだかまっていた思いもまた、やわらかくほどけていく。

「しかしこの首飾り……もし本当にラクス・バラディーを踊ったら、胸に擦れて大変なんじゃないのか」

シャラ…、と何連にも連なった繊細なチェーンをもてあそぶと、イスハークは朔矢の胸にこすりつけてきた。

「ま、また君は、そういういやらしいことを…っ」

朔矢は胸を撫でる手を払ってイスハークを睨み上げる。だが彼はニヤリと笑うと、

「これでも我慢したほうだぞ。こんなに色っぽいお前の姿を見せられ続けて、いやらしくならないほうがおかしいだろう」

胸をかばったせいで無防備になった朔矢の腰を撫で下ろした。

「………ッ」

その淫らに這う手の感触に、ゾクリと疼きが走って。朔矢は息を詰め、上げそうになった嬌《きょう》声《せい》を呑み込む。

「敏感だな。それも当然か……お前のいいところや好み、すべて俺が覚え込ませたんだからな」

言いざま、イスハークに腰骨から下腹部を意味ありげにさすられる。

とうとう下腹部の中心に触れた、と思った瞬間。

「――…ッ、ぁ……」

だがすぐに手は下腹部から逸らされ、朔矢はかすれた声を漏らしてしまう。

「……こんな風にじっくりと、焦らすようにされるとたまらなくなるんだよな。だが、それが好きだろう?」

「違、う……っ」

腰から脇を伝い、そして胸元へと。否定する言葉とは裏腹に、じわじわと身体に這わされる彼の手のひらの感触を痛いほど意識して、朔矢の胸は緊張と、昂《たか》ぶる興奮に大きく上下する。

「嘘をつくなよ。布の上からでもしこってるのが分かるぜ……もどかしいのがいいんだろう」

「んん……っ!」

確かめるように布越しに胸の粒をこねられ、朔矢は身体を跳ねさせた。

その反応に低く微笑って、彼は意識している上半身ではなく、その下のボトムへと手をかけた。

「や…、ちょっと待て……っ!」

そのままボトムを下ろすイスハークに、朔矢は自分が今つけているものを思い出して、うろたえた声を上げた。

抵抗は間に合わず、ボトムが取り去られ、朔矢の下肢があらわになる。

「……ずいぶん、大胆な下着だな……」

イスハークは信じられない、といった様子で朔矢の下腹部をまじまじと見つめた。

彼が驚くのも無理はない。今、朔矢の下腹部を覆っているのは、黒一色で、伸縮性のある紐のような生地に、前の部分だけかろうじて隠せるほどの布地しかついていない。普段の朔矢ならば絶対につけない下着だ。

「ッ……！　こ、これは、その、こういった衣装は下着の線が出たら台無しだから、って……」

ルシュディーが、とまでは言えなかった。みるみるうちに、イスハークの眉間がきつく寄るのが見えたからだ。

「下着まで、あいつに選ばせたのか」

問いに恐る恐る朔矢がうなずくと、イスハークは唸るような息をついた。

「で、でも穿《は》く時は自分一人だったし、つけたところを見られたりはしてないぞ…っ」

「当たり前だ」

焦って弁明する朔矢に、イスハークは低い声で返す。

彼は朔矢の上着へと手を伸ばすと、少し荒っぽい手つきで胸の中央の結び目をほどいて、ほの赤く色づいた胸の先をあらわにした。

「あ……っ」

淫らに尖る乳首を見られる羞恥と、直接触ってもらえるという期待に、朔矢は胸を喘がせた。

だがイスハークは朔矢から手を離すと、

「俺も脱がせてくれ」

そう言って身体を近づけてくる。

まだ焦らすつもりだろうか。

うらめしく思いながら、朔矢は留め具を外して彼の頭布を取る。

そして礼服を脱がせ、長衣の裾に手をかけるとめくり上げる。

その時、褐色の逞しい胸板が間近に迫り、動きに合わせてうねる隆々とした筋肉に、朔矢は急速に喉が渇くのを感じた。

長衣を抜き取って顔を出した彼と目が合って、朔矢は急いで目を逸らす。

「なんだ……待ち切れないのか？」

そう言って艶っぽい笑みを浮かべると、生成《きな》りのボトムだけの姿になったイスハークは朔矢の身体を横たえ、その上へと覆いかぶさってきた。

うなずくことはできないながらも、朔矢はうつむいて胸をかばっていた手をそっと外す。

彼はご褒美だというように朔矢の胸の尖りにくちづけると、そのまままきつく吸い上げてきた。

「んぁ……っ」

待ち望んでいた刺激に、朔矢はビクビクと身体を震わせて喘いだ。

イスハークは何度かついばんだあと顔を上げ、

「お前……本当に胸が好きだよな。昔、セックスを怖がってた頃から、胸をいじられる時はいつも甘い声を上げてただろう」

唾液で濡れた乳首を指で転がし、そのたび走る快感に唇をわななかせる朔矢を見下ろして言う。

「ち…違…ぅ……っ」

恥ずかしすぎる指摘に、朔矢は首を振って否定した。

慣れないうちは、陰茎や後孔で感じる直接的な快感はあまりにきつすぎて恐ろしくさえあった。

だが、胸を愛撫される焦れったいような淡い愉悦には、早いうちから溺《おぼ》れた。繰り返されるうちに胸は敏感に快感を覚えるようになり、特に尖りを吸われると、疼くような甘い感覚が走ってたまらなくて、彼の顔に胸を擦りつけるようにして愛撫をねだったことさえあった。

だが、男の身で胸で感じてしまう自分が恥ずかしく、それを認めることはできずにいるのだ。

「なにが違うんだ。こんなに昂ぶらせておいて」

「ひぁ……っ」

言いざま下腹部を握られ、朔矢は背をしならせる。

そこは今、朔矢がつけている小さな布ではごまかしようがないほどに欲望をふくらませていた。

「これだけ身体が熱くなっているとつらいだろう……これで冷ましてやろう」

イスハークはそう言って寝台の横の棚からガラスの瓶を取り出すと、蓋を開けて中身を朔矢の下腹部へとたらす。

「や…、あぁ……っ」

ドロリとした液体が伝う感触とともに、甘い香りが漂ってきた。

イスハークが昔から使っている香油だ。

香油の冷たさがかえって熱くなった肌には心地よく、ぬめりを帯びてじわじわときわどい部分にまで這い下りていくのをはっきりと感じ取って、朔矢は腰を震わせた。

「冷たかったか？　けど、それがまたよかったみたいだな。落ち着くどころかますます熱くなってるぞ、お前の身体……」

最初から朔矢の身体の反応を分かっていたというように、イスハークは頬をゆがめて人の悪い笑みを浮かべる。

「……っ、く…ぅ…っ」

もう朔矢は否定することはできなかった。

小さな布を押し上げ、はしたなく勃ち上がった昂ぶりが、どう口で反論しようが彼の言葉を如《によ》実《じつ》に肯定しているからだ。

イスハークは朔矢の反応に満足した様子で、さらに瓶を傾けた。

「も、もう駄目だ…っ、シーツが……」

追加される香油を受け止め切れず、朔矢の横腹や腰、そして内腿から下に零れ落ちていく。その感触に、焦って声を上げた。

「気にしなくていい。この褥は今宵限り、特別に作らせたものだ。この宮殿に客を泊まらせるつもりはないからな」

「わざわざ……今夜だけのために準備したというのか…？」

二人こうして過ごすためだけに用意されたと告げられ、朔矢は目を見開く。

「もちろんだ。王が寵姫に捧げた宮殿なんて、俺たちが愛を交わすのにピッタリだろう？　一般公開するようになれば、さすがにこんな使い方はできなくなるからな」

信じがたい思いで問う朔矢に、イスハークは茶目っ気たっぷりにウインクして答えた。

「ば、馬鹿…、なんて恥知らずな……っ」

こんないやらしいことをするためだけに、貴重な遺跡を使うなんて。

あまりのことに朔矢はめまいを覚えながら叫ぶ。すると、

「ああ。すべて俺のせいだ。だからお前は安心して乱れてくれていいんだぞ。ほら」

そう言ってイスハークは、香油が零れるのを少しでも阻止しようと固く閉じていた朔矢の脚を強引に割り開き、持ち上げる。

「ひぁ…っ、んん……っ」

股の部分に溜まっていた香油が、とろとろと双丘の狭間を伝い落ちていく。敏感な部分をくすぐるようにして這うその感覚に、朔矢は息を詰めた。

そのさまを眺めていたイスハークは、その双眸に危うい光を宿し、

「すごいな……こんなところまで濡れてるぜ」

下着を横にずらして狭間に息づく蕾《つぼみ》を指でなぞる。

「あぁ……っ」

蕾のふちをくすぐられたあと、ぬめりを塗り込めるようにして内奥へと指をもぐり込まされ、

朔矢はたまらず悩ましい声を漏らした。

「ずいぶんすんなり入ったな……待ちわびてたのか？」

イスハークはくちゅくちゅと濡れたいやらしい音を立てながら、朔矢の後孔の淫らさを見せつけるように指を出し入れする。

「んぁ…っ、ゃ……、違…ぅ……っ」

朔矢は浅ましい自分の反応を恥じ、何度も首を振った。

だが恥ずかしさに侵入を止めようと力を込めても、彼を受け入れることを覚え込んだ内壁は狭まることでますます感度を上げ、ぬめりを帯びた彼の指の感触を味わうように締めつけるだけだ。

イスハークはそんな朔矢を見下ろすと、

「昔、真珠の首飾りをここに入れたことがあっただろう。あの時は半分も入れないうちに音をあげられて諦めたが」

そう言って、ぬるりと奥まで指を突き入れた。

その時のことを思い出して、朔矢はきつく眉をひそめる。

昔のイスハークも、朔矢に色んなことをしたがった。

ある日なにを思ったか、急にイスハークが大粒の黒真珠の首飾りを持ち出してきて、後孔に入れようとしたのだ。

「今のお前なら、全部呑み込めるんじゃないか？　……ほら、こんなに欲しがって、吸いついてきてるぜ。今から入れてやろうか……？」

イスハークは指を大きくうごめかせて、食い締めてくる後孔の貪欲さを確かめると、悪辣《あくらつ》な笑みを頬に刻んだ。

「や……いや、だ……そんな…っ」

イスハークなら本当にやりかねないと、朔矢は怯えと同時に被虐《ひぎゃく》的な快感を覚えてしまい、背を粟立《あわだ》たせる。

「お前のいや、は信用できないな。昔よりももっと淫らになったからな……この身体は」

彼は朔矢の後孔を責めながら、はちきれそうに昂ぶった陰茎を指先で弾いた。

「あっ……君は昔のほうがまだ、可愛かったし優しかった…っ。やめて欲しいって言ったら、やめてくれた……」

朔矢はそう言って、一向に手を止めようとしないイスハークを咎める。

「そりゃ、涙をいっぱいに溜めたうるうるした目で『お願いだからしないで』なんて言われたらそれ以上は…な。可愛かったぞ……あの時の朔矢」

「言うな……っ」

昔は今よりも快楽に対する怯えが強く、イスハークに色々とされてはよく泣き顔を見られてしまった。朔矢にとって、ありがたくない思い出だ。

「だったら、真珠じゃなくてもっと違うものを入れてみるか？」

妥協する振りをして、イスハークはさらに朔矢をドキリとさせることを言う。

「ち、違うもの、って……」

「そうだな……首飾りじゃなくて、正式にそういうことのために作られたパールもあるし、色んな機能のついた玩具とかはどうだ。楽しめるらしいぞ」

恐る恐る聞いた朔矢に、彼は予想どおり、不穏な答えを返してきた。

「いや…だ…、そんなの……」

冗談じゃないと、朔矢は急いで首を振る。だが、

「だったら、なにがいい？」

艶のある低音で囁かれ、朔矢は唇を噛んだ。

なにもいらない、と突っぱねることは、もうできない。

朔矢の後孔はすでにとろとろに熱く熟《う》れ、とろけきって、中を穿《うが》つものを求めているのだから。

「君のが……」

小さな声でおずおずと言う朔矢に、イスハークは尊大に片眉を上げると、

「俺の？　もう指が入ってるだろう。……ああ、もっと増やして欲しいのか」

そう言って、さらに内奥を責める指を追加する。

「んんぅ……っ」

強くなる刺激に、朔矢は甘い声を上げた。

けれど指では、疼きを帯びる粘膜の深いところまで届かない。

今欲しいのはぬるい人肌ではなくて、凶暴なほどに力強く逞しい熱なのだ。

「これ、じゃない……っ」

「これ、じゃ分からないな。いったいなんなんだ？」

分かっているくせに。あくまでイスハークは憎らしいほど飄々《ひょうひょう》とした口ぶりではぐらかす。

はっきり口にするまでは赦してもらえないのだと悟って、朔矢は瞳を潤ませる。

「ん……？　言ってみろ」

欲している昂ぶりを内腿にこすりつけられて。そのあまりに雄々しく猛々《たけだけ》しい熱の感触に、朔矢の中で必死に欲望に歯止めをかけていた理性と意地が、とうとう崩れた。

「イスハークの…っ、その……大きい…のが、欲しい……っ」

言った瞬間、カァ…ッと全身が火照り、朔矢は燃え尽きそうなほどの羞恥に身悶える。すると、

「――――…ッ」

イスハークは獰猛《どうもう》な唸り声を上げてボトムを引き下げ、一気に凶暴なほどに昂ぶった熱塊を突き入れてきた。

「んぁ…っ、あぁ――――…ッ！」

ようやく切望していたものが与えられ、焦らされてつらいほどに疼く粘膜を擦り上げられて。

身体中を駆けめぐる悦楽に、朔矢は彼を受け入れただけで極まってしまう。

白濁を散らせた朔矢の痴態《ちたい》に煽られたように、イスハークは律動を開始した。

「ひあ…っ！　まだ、動くな…あぁ……ッ」

絶頂を迎えたばかりの身体は敏感すぎて、刺激されるのはつらいのだ。だが、

「馬鹿言うな……こんないい身体に締めつけられて、これ以上我慢できるか」

彼もまた、限界だと言わんばかりに唸ると、朔矢の中にうずめた昂ぶりを大きく脈打たせた。

「やぁ…、これの、どこが初夜だ…っ。んぁ…っ、さっきから意地悪で、いやらしいことばかり…させて……っ」

達したばかりの過敏に過ぎる身体を責められて、苦痛と紙一重の快楽に朔矢は思わず涙ぐむ。

「気持ちはな。だが幸いにも我が花嫁はすでに淫らに開発済みだから、色々と楽しめる。こうやって……」

目じりに浮かぶ雫を吸い取ったあと、イスハークは激しく腰を突き入れて朔矢を揺さぶった。

「んぅ…ッ、あっ、あぁ……っ！」

弾みで首飾りがシャラシャラと揺れ、汗に濡れた胸の上をすべるようにして這う。

敏感な尖りは、そんな微細な刺激でさえも快感を拾い上げ、痺れるような疼きを生んだ。

「ひぁ…んッ」

いきなり胸の先をつまみ上げられて、朔矢の身体が大きく跳ねる。

「首飾りの間から紅く尖った乳首が見え隠れして、めちゃくちゃエロいぜ。俺の言ったとおりだ

な……擦れて、気持ちいいんだろう？」

「や…あぁ……っ」

彼の言葉どおり、自分の胸の上で鎖が波打ち、その狭間から赤い乳首がこすられてはツンと痛いほど尖っていくのがちらちらと見えて……その淫靡な光景に、朔矢は瞳を潤ませる。

その姿にそそられたのか、イスハークはさらに腰の動きを速めた。

「ぁ…っ、くぅ……はぁ…んん……ッ」

彼の思いのままに翻弄され、恥ずかしくて、悔しくてたまらないのに。熱く疼く内奥を彼の逞しい昂ぶりに擦り上げられ、ますます快感を煽られて、腰が淫らに揺らめくのを止められない。

「今まで見たどんな踊り子よりも綺麗で、淫靡だ……お前の踊りは……」

煩悶《はんもん》しながらも腰をくねらせる朔矢を見つめ、イスハークは欲望にかすれた声で囁いた。

「み…、見ないでくれ、こんな……っ」

「いやだね。すみずみまで見て、この目に焼きつける」

そう言い切ると彼は朔矢の脚をさらに大きく広げ、欲望を受け入れて恥ずかしい音を立てる結合部分をあらわにする。

「………ッ」

どこまで意地悪なのかと、朔矢は涙にかすむ目でイスハークを睨みつけた。

すると、彼は朔矢の頬を手のひらで包み込んで、

「お前のこんな姿は誰も見たことがないだろう…？　こんなにも可愛くて淫らに踊る姿は、俺だけのものだ……」

愛しさのこもったまなざしで見つめながら、そう言って誇らしげに笑う。

その言葉に、まだルシュディーに先に見られていたことにこだわっていたのか…とふいに気づいて、朔矢は目をみはった。

恥ずかしい姿で執拗《しつよう》なほど求めさせられたのも、彼の独占欲の現れだったのだと知ると、今まで感じていた屈辱や羞恥も愉悦となって、一気に朔矢の身体の中を駆けめぐる。

「イスハークだけ、だ……他の人になんか、絶対見せない…君だけ……っ」

イスハークの求めることを知って、朔矢はもつれそうになる舌を必死に動かして、彼に応えた。

「俺だけか……」

とたんに顔をほころばせて言うイスハークに、朔矢の胸に熱い感情があふれ出る。

「イスハークのが…いい……全部……ッ」

心から告げて、朔矢は彼の手を取って、自分の胸へと導く。

「触…って……イスハーク……」

こんな装飾品ではなく、彼を感じたい。込み上げる思いに衝《つ》き動かされ、朔矢は恥じらいながらも懇願する。

「いいぜ……ほら、気持ちいいか…？　朔矢……」

イスハークはもう焦らすことなく、朔矢の求めどおりに胸をつまみ上げ、腰を打ちつける。

「うん…っ。いい…っ、イスハーク……ッ」

胸の先も、重なる肌も、穿たれている蕾も。

冷たい無機物とは違う、彼の熱を感じるだけで朔矢は淫らに昂ぶってしまうのだ。

「朔矢…、朔矢……っ」

イスハークの声が切羽詰《せっぱつ》まったものになり、朔矢の内奥を穿つ動きが凶暴なほどに大きく、強くなっていく。

「あぁ…っ、んうぅ――…ッ!!」

内奥のもっとも深い部分に、ひときわきつい突き上げを受け、朔矢は再び快感の極みまで昇りつめ、耐え切れず白濁を散らした。

「――…ッ！」

遅れて、イスハークが狂おしげな唸りを上げ、朔矢の中に熱いつぶてを浴びせかける。その感覚にも愉悦が募り、朔矢は余韻に震える身体をすり寄せて、彼の背をきつく抱き締めた――

5

「お疲れさまです。朔矢さま、お茶をお持ちしました」

朔矢がぼんやりと応接間のソファに腰かけて疲れた身体を休めていると、ティーセットを手にしたウマルが入ってきた。

「ありがとうございます。……ご迷惑をおかけしてすみません」

ウマルのねぎらいに、朔矢はけだるさを振り切って顔を上げ、礼を言う。

小宮殿で昨夜、イスハークは一度だけでは飽き足らず、散々朔矢の身体を貪ってきた。

イスハークは激しい情交に疲れた朔矢の身体を休めたあと、またアバヤを着させ、アザール宮殿を出た。そして小舟に乗り、明け方、城の最上階の特別室へと戻ってきたのだ。

ウマルはルシュディーに無理やり女装させられて連れていかれた朔矢を心配して、ほとんど寝ずに待っていたらしく、早朝にもかかわらずすぐに出迎えてくれた。

ウマルは朔矢がイスハークとともに帰ってきたことを驚きつつも、ルシュディーに聞いて迎えに行ったのだというイスハークの説明に、「ルシュディー殿下は朔矢さまを送り届けたあと、すぐに帰ってしまったらしいので不安だったのですが、よかったです」と素直に喜んでいた。

心配をかけていたことが申し訳なく、それなのに色疲れのはしたない姿で戻ってきた自分に、朔矢はいたたまれない思いでいっぱいになった。

ウマルに支度を整えてもらって、朔矢はすぐに女物の衣装を脱ぎ捨て、風呂に入って汚れも化粧もすべて綺麗に洗い流した。そして部屋着代わりに用意された着流しを身につけて、ようやく落ち着くことができたのだった。

「朔矢さま、昨晩は大変だったでしょう。大丈夫でしたか?」

ウマルは給仕しながら、気遣わしげにそう尋ねてきた。

その言葉に疾《やま》しさを刺激されて、朔矢はドキリとする。

昨晩、自分たちがなにをしていたかを考えると……。

「いえ、私なんかよりイスハーク殿下のほうが大変でしょう。ずいぶんお忙しそうですし」

後ろめたさを押し隠し、心配してくれるウマルに微笑んで言った。

イスハークは朔矢を送り届けると、休む間もなく今日も朝早くから出掛けていった。

問題が起きて気苦労もあっただろうし、朝から働き詰めでかなり疲れていたはずだ。いくら朔矢の女装姿が珍しかったとはいえ、あんな酔狂《すいきょう》なことをせずに少しでも休めばよかったのに……。

朔矢は気恥ずかしさに熱くなる頬をごまかそうと、そそくさと注いでくれたお茶に口をつけた。

まったくなにをやっているんだと咎める気持ちと、大丈夫だろうかと心配になる思いが、朔矢の胸の中で絡み合う。

「脅迫してきた犯人の目星はついたんでしょうか…?」

気になって問いかけた朔矢に、ウマルはあいまいに首を振り、困ったように微笑む。

「そちらはどうでしたか?」

ウマルに聞き返され、朔矢は顔を曇らせた。

「……すみません、結局ルシュディー殿下のおっしゃっていたようなことはなにも探ることはできませんでした……男と知られないようにと、そればかり気になってしまって」

飲みくだしたお茶が、ひときわ苦く朔矢の喉をすべり落ちる。

ルシュディーの言っていた、イスハークの花嫁候補の中に『毒入り姫』がいるという不穏な噂。その真偽を確かめるどころか、令嬢たちに圧倒されて自分からはほとんどなにも尋ねることができなかった。

これではなんのためにルシュディーとウマルに手間をかけさせ、恥ずかしい思いをしてまでもぐり込んだのやら……と朔矢はふがいない自分が情けなくなる。

「たった一晩では、そんな深いところまで探れなくて当然ですよ。ただ、令嬢たちとお会いすることはできたんですよね。――サミーラ姫とはお会いしたのですか？」

探るようにウマルに問われ、朔矢は戸惑いながらもうなずいた。

「サミーラ姫……どんなお方だったか、お聞きしてよろしいですか」

「その……とてもお美しくて、ご自分の意思をしっかり持った、聡明そうな方でした。イスハーク殿下と並ぶと、まるで一対の芸術品かとみまごうほどに、よくお似合いで……」

ウマルに問われるまま話しているうちに、朔矢の脳裏に二人が並んだ姿がよみがえって。

そのとたん、イスハークに刻まれた情交の余韻も甘い感覚も霧散《むさん》し、急激に込み上げてくる苦い感情に、朔矢は思わず言葉を詰まらせる。

「そうですか……それはなによりです。我々にとってはお顔を拝見することもできないお方ですので、お噂で判断するしかなくて少し不安だったものですから。やはり、殿下の花嫁には王妃にふさわしい気品と知性を兼ね備えた人こそがなるべきです。――朔矢さまも、もちろんそうお思いでしょう?」

ホッとした様子で笑みを浮かべるウマルに、素直に同意できない自分がいやで、朔矢は顔をうつむけた。

「しかし……やはり家柄も重要ではあります。シャミル国の王家は歴史が古く、由緒ある血を引いておられます。中でもサミーラ姫は正当な血統を継ぐ両親から生まれた、いわばアラブの王族の中でもサラブレッドのような存在なのです」

――小さい国の王女らしいんだけど、バシュヌークとも縁の深い由緒ある血筋らしくて、絶対にイスハーク殿下は自分を第一夫人に選ぶはずだって自信満々で、鼻につくのよね。

ウマルの言葉に、朔矢は別館にもぐり込んだ時に聞いた令嬢たちの噂話を思い出す。

「ただ、サミーラ姫の父上である国王はお優しく、少し人がよすぎるところのあるお方で、自分たちの利益本位の豪商や近隣諸国にいいように振り回され、そのおかげで今、国力が著《いちじる》しく低下してしまっています。もともと資源も少ない国ですし、借金も増えている一方だとか……」

ウマルの説明を聞いて、朔矢は彼の言わんとすることを悟る。

「……そこで、イスハーク殿下の力を借りたい、ということですか」
「ええ。外交にも精通していて投資家としても素晴らしい才能を持ち、国政に辣腕《らつわん》を振るってお
られるイスハーク殿下は、まさに『白馬の騎士』として、シャミル国を立て直すための救世主に
なると、大いなる期待を寄せられているのです」
予想どおりのウマルの返答に、朔矢はか細い息を吐いた。
イスハークはシャミル国に優れた能力をアピールして恩を売り、彼にとってよい条件で両国と
の関係を結ぶことができる……ということだ。
「そしてイスハーク殿下も、サミーラ姫を迎えることで口さがない者たちを黙らせることができ
る……そういうことなんですね」
朔矢の口から、自分でも驚くほど冷めた声が零れ出た。
アラブの由緒ある血筋を持った純血の姫、サミーラを得ることで、イスハークもまた、クォー
ターであるがゆえにできてしまっている保守派との溝《みぞ》を埋め、王として揺るぎない地位を築くこ
とができるのだ。
イスハークの花嫁としてこれ以上の条件を兼ね備えている人は他にいないに違いなかった。
「そうです。イスハーク殿下を妨害しようとする動きが出てきている今、国王陛下はできるだけ
早くサミーラ姫とのお話を進めたほうがよいと考えていらっしゃいます。ご親友である朔矢さま
の勧めがあれば、殿下も安心して婚儀に臨《のぞ》めるだろうと……そうおっしゃっておられました」

その言葉を聞いて、朔矢の身体から急速に血の気が引き、まるで氷水を浴びせられたかのように身体の芯から冷たくなっていく。

ウマルがサミーラへの印象をやけに気にしていた理由を知り、そのうえ……それが国王の命令だと言われてしまえば、朔矢にはもう、あらがう術《すべ》はない。

――あらがう？

脳裏に浮かんだ思いに、朔矢は声もなく笑う。

なににあらがおうというのだろう。

もともと王としての道を進むイスハークの支えになるつもりで、自分はここに来たというのに。サミーラ姫をめとることで、イスハークの王への道が確かなものになるというのなら、全力をもって協力しなければならない。

親友として、そして信頼される傍仕えとして、イスハークの幸せのために力を尽くす。

それが、本来ならここにいてはいけないはずの自分に与えられた、唯一の役目だ。

「その……ご協力いただけます…よね…？」

おずおずとどこか不安げに尋ねるウマルに、朔矢はどうしてそんな心配そうな声を出すのか不思議に思った。

今、自分はきっと、満面の笑みを浮かべてうなずいているはずなのだから。

――ふと朔矢が空を見上げると、すでに夜のとばりが下りていた。

雲がかかって月は姿を消し、星もなく、あたりにはただ暗闇が広がっている。

暗闇に馴染んできた目に、ぼんやりと背の高い草木が映る。どうやらいつの間にか中庭に出てきたようだった。

いったい今までどのように過ごしたのか、どこをどのように歩いたのか、よく覚えていない。

ただ、重苦しく渦巻《うずま》く思いを抱え、その重圧に耐えるだけで精いっぱいだった。

――ご親友である朔矢さまの勧めがあれば、殿下も安心して婚儀に臨めるだろうと……。

イスハークの足をすくおうと狙っている反対派の動きを防ぐためにも、脅迫騒ぎなどの問題は早く収めなければいけない。サミーラ姫と婚姻を結べば、きっと反対派の矛先《ほこさき》もやわらいで、事態はよくなるはずだ。

言わなければ。彼女をめとるようにと。

けれど……いったいイスハークにどう伝えればいいのだろう。

まるで恋人同士のような甘い時を過ごして、身体を重ね合ったばかりだというのに。

朔矢がいなくなったあと、何度も夢に見たと、イスハークに真摯な思いを告げられた時。その強い思いに打たれ、胸の中に熱い思いがあふれて止まらなくなった。

女性の装いに身を包んだ朔矢を連れて妻のようだと喜び、独占欲もあらわに情熱をぶつけてきたイスハーク。

その熱も冷めやらぬうちに、朔矢の口から「他の人と一緒になれ」と聞かされて、イスハークはいったいどんな思いをするか――

言わなければ、という思いと、でも……とためらう気持ちとがせめぎあい、朔矢はどうすればいいか分からなくなってしまう。

ずっと同じことをぐるぐると考えて、けれど答えは出せず、ただ苦しさが募るばかりだった。

とりとめもない思考と同じようにふわふわとした足取りで、行き先も分からずふらふらとさまよっていると、ふと、見知った人影が見えた気がして。朔矢は足を止める。

「――どうしました。驚きましたよ、こんな夜更けに一人で訪ねてこられるとは……」

続いて耳に飛び込んできた声に、朔矢は耳を疑う。

朔矢は急いで近くの物陰に身を隠し、声のした方向を覗き見る。

すると、目に飛び込んできたのは――

「いきなりご連絡差し上げたりして、申し訳ありません……どうか……はしたない娘だと思わないでくださいませ」

木の陰に身を寄せるようにしてたたずむ女性と、イスハークの姿。

訳ありげな二人の姿に、朔矢の心臓が、バクバクと脈打つ。

「そんなことを思ったりなどしませんとも。……ですが、今は大切な時です。目立つ行動はできるだけ控えていただけませんか」

どうやら女性のほうから連絡があって、イスハークが迎えに来たらしい。

突然、イスハークの密会の現場に出くわして狼狽《ろうばい》しながらも、朔矢はただ息を殺して見つめるしかない。

「分かっています。……分かっているのですけど……一人でいると不安で、どうしようもなくなって……」

その心のうちを表すかのような、か細く揺れる可憐な女性の声に、聞き覚えがある気がして。

朔矢はじっと目を凝らす。

だが、宵闇の中で木陰に身を寄せる女性はさらにアバヤを着ているらしく、輪郭《りんかく》がぼんやりと見えるだけだ。

「お気持ちは分かります。ですがどうか、私を信じてもらえませんか」

「信じたい……です。けれど……」

真剣なイスハークの声に、女性はポツリと消え入りそうに呟く。

「けれど?」

イスハークのうながしに、迷いを表すように女性は一拍の間を空ける。だが、

「――殿下が別館まで訪ねてきてくださった夜、あなたがアバヤを着た娘と館を出て行ったと

いう噂を聞きました」

彼女は決意したように、突然語気を強めた。

その瞬間、記憶にあった声と一致して、朔矢は息を詰める。

「私も王家の人間として、国王となる方のお立場は理解しているつもりです。ですから私一人を見て欲しいとは申しません」

間違いない。サミーラ姫だ。

最初、あまりにか弱く自信なさげにかすれた声だったので、声に覚えがあると思いはしたものの、よく分からなかったのだ。

だが、意思の強さを取り戻した今の声で、はっきりした。

しかも王家の、という言葉が彼女がサミーラ姫であることを裏付けている。

「……けれど、私のいる場所で、私を置いて他の…それもただ少し美しいだけの、どこの馬の骨とも分からぬ者と噂になるようなことをするなんて……あんまりです」

苦しそうに告げられたサミーラの言葉に、朔矢の心臓が止まりそうになる。

どこの馬の骨とも分からぬ者……彼女を苦しめているのは、まぎれもなく自分なのだ。

「……姫……」

「イスハーク殿下……今、あなたに必要なのは一点の曇りもない、本物の純金ですわ。ただアバヤをかぶっただけの偽の金などではなく」

惑いを見せるイスハークに、サミーラは言い募り、身体を寄せた。

「殿下……私にとって、あなただけが頼りなのです。あなたも、私が必要だと、もう他人ではないと言ってくださいましたわよね……？」

すがるような声で言うサミーラの肩を、イスハークは抱き寄せる。そして、

「――ええ。私には必要です……あなたが」

はっきりと、そう言い切った。

その言葉に、朔矢は信じられない思いで目を見開いた。

必要……他人ではない、とはいったい……。

意味がうまく呑み込めず、朔矢の中でただ、言葉だけが渦巻いていく。

「そのお言葉、どうか信じさせてください。イスハーク殿下……」

懇願するサミーラをみなまで言わせず引き寄せると、イスハークは建物の中へと入っていった。

独り、呆然と立ち尽くす朔矢を置いて――


城の最上階、特別室に戻ってきた朔矢は、ウマルに心配そうに声をかけられても返事をすることができず、イスハークの泊まっている主寝室ではなく、隣の控えの間にこもった。

「ふふ……」

一人になった朔矢は、声を立てて笑う。

少しでも気がゆるむと、笑い出してしまいそうで。けれど人目があると変に思われると、必死にこらえていたのだ。

彼を思いやっているつもりになっていた自分が、ただ滑稽《こっけい》で、おかしくてしかたない。

イスハークは分かっていた。

王となるために為すべきこと。

なんの瑕疵《かし》もない理想の姫君を得て、揺るぐことない盤石《ばんじゃく》の地位を築き上げる。

国王に心配されるまでもなく……朔矢などに言われるまでもなく。イスハークには分かっていたのだ。

イスハークはすでにサミーラを虜《とりこ》にしている。慎み深い純血の姫君が、嫉妬と不安に苛まれ、夜更けに一人、自らの名を汚すかもしれない危険を冒してまで彼を求め、訪ねてくるほどに。

「あはは……なんだ……」

油断すれば、発作のようにすぐ笑いが零れ出る。だが、それはどこか力なくかすれていて。その情けない声色がおかしくて、朔矢はまた笑った。

なにが、どう伝えていいか分からない、だ。

――ただ、自分がイスハークに言いたくなかっただけのくせに。……サミーラと結婚しろ、だなんて。

彼女に限った話ではない。

考えたくなかった。見たくなかったのだ。

彼が、他の誰かのものになるなんて——

けれど、自分はそんなことを言える立場ではないと重々知っていたから。往生際《おうじょうぎわ》悪く他に理由をつけて、なんとか先延ばしにしようとしていただけなのだ。

だがもう理由を取り繕う必要はないと知って、朔矢の心の奥深くに押し込めていた、自分の本当の気持ちが明らかになる。

——覚えてるか？　昔、俺が朔矢を妃にすると言い張って、お前と言い争いになったこと。

脳裏によみがえってきたイスハークの言葉に、朔矢の胸が鋭く痛み、息が苦しくなる。

第一王妃どころか、妃になることすらかなわない自分には、イスハークと結ばれる未来などないと分かっていたはずだ。

己の愚かさに、ただ込み上げるままに乾いた笑いを漏らし……朔矢は糸が切れたように、寝台へと倒れ込む。

——夢みたいだ……こうやってお前が俺のために妻のように装ってくれて、夜を過ごせるなんて。

まるで、朔矢一人しか見えていないような。そんな真摯にすら思えるまなざしで見つめ、宝物を扱うように優しく触れてくるから。

でも、分かってる。分かっていた。ずっと昔、国王に言い渡されていた時から。

「……嘘つき……」

誰に言っているのかも分からないまま、朔矢は呟く。

少年の時の無邪気な言葉を信じていたわけではないけれど。

――ひどいな。ガキなりに本気だったんだぞ。

過去を振り返り、そう言って笑ったイスハークは、大人になって現実を知り、夢はしょせん夢だと悟ったのだろうか。

――お前のこんな姿は誰も見たことがないだろう……？　こんなにも可愛くて淫らに踊る姿は、俺だけのものだ……。

弟にすら独占欲をむき出しにする彼が、くすぐったくて……激しく求められることに、胸が熱くなった。

朔矢には独占欲がないとでも思っているのだろうか。

――私も王家の人間として、国王となる方のお立場は理解しているつもりです。ですから私一人を見て欲しいとは申しません。

そう言い切ったサミーラの潔《いさぎよ》さが、まぶしくて……うとましい。

自分にはできない。そんな風に割り切ることなど。

身を灼《や》くような、どろどろとした汚水のような醜《みにく》い感情があふれ出て、止まらない。

「いや…だ……ッ」

震える喉を振り絞って声を漏らした瞬間。こらえ切れず朔矢のまなじりから、ツ…ッと雫がひとすじ零れ落ちた。

こんな自分など、知りたくなかった。

どうあがいてもイスハークの伴侶にはなれないのならば。

せめて、彼の「親友」として。自分はそう呼ばれるにふさわしい、凜々しくすがすがしい人間でいたかった。

無欲に、ただ彼の幸せだけを願える。そんな美しく清らかな心を持つ人間でありたかった。

「……いや、だ……」

けれど、知ってしまった。

自分がどれほど強欲で、汚れているのかを――

絶望に目の前が白くかすむ中、自分の浅ましさに朔矢は声を殺し、ただ涙を流すしかなかった。

――かすかに扉の開く音がして、朔矢はうっすらと意識を取り戻す。

いつの間にか、寝てしまったのだろうか。

うとうととしてまだはっきりとしない頭の中で、近づく足音が響いてきて。

「ん……っ」

眠りを覚まされる不快感に小さく身じろぎつつも、朔矢は上半身を起こそうとする。だが、

「朔矢……起きたのか？」

上から降ってきたイスハークの声に完全に眠気が吹き飛び、朔矢はギクリと身体を強張らせた。

「どうしてわざわざこんなところで寝てるんだ。どうせなら、俺の寝床をあたためておいてくれればいいものを」

イスハークはからかう口調でそう言うと、朔矢の頭を撫でる。

恐る恐る目を開くと間近には、いたずらっぽい笑顔。

――いつものイスハークだ。

なんだか悪い夢から覚めたみたいで、朔矢は瞬きを繰り返す。

「どうした、お前……」

朔矢の腫《は》れぼったくなった目じりをなぞり、イスハークがいぶかしげな声で問うた。

彼の指のあたたかさに、じわりと切なく熱い感情が湧き出して、胸が詰まる。

「……イスハーク……っ」

恐ろしい夢のことなど口にもしたくなくて、朔矢はただ、名を呼んで彼へと手を伸ばした。

イスハークはかすかに眉を寄せて困惑の表情を浮かべつつも、朔矢の身体をあやすように抱き締める。

愛しいぬくもりに包まれて。陶然《とうぜん》と目を閉じ、朔矢が彼の胸元へ顔をうずめた瞬間――

「――…ッ」

ふわり…と、イスハークのものではない、乳香の気品あふれる香りに鼻をくすぐられて、朔矢は身体を強張らせる。

この香りは前に嗅《か》いだことがある。……サミーラの、匂いだ。

気づいた時には、朔矢はイスハークの胸を突き飛ばしていた。

突然のことに虚を衝かれた様子でイスハークは目を見開いたあと、

「お前……いったいなにがしたいんだ。可愛く甘えてきたかと思えば、急に突き放して……」

寝台の上を這い上がって距離を取ろうとする朔矢に、彼は少し苛立った様子で顔をゆがめる。

腕をつかまれ、再び身体を近づけられて。彼にまといつく匂いが忌々《いまいま》しく、朔矢はきつく眉を寄せ、顔を背けた。

「――脱げ。そんな匂いをさせて、私に近づくな…っ」

朔矢はイスハークを睨みつけ、言い放つ。

彼は驚いた様子で一瞬動きを止め――だが、なにか思い当たったように、ふいに目を細めた。

そして、イスハークはおもむろに頭布を取ると、迷いもなく衣服を脱ぎ去っていく。

脱ぎ落とされる礼服を、長衣を、朔矢は呆然と眺め……ボトムに手をかけた彼にニヤリと笑いかけられて。朔矢は慌てて目を背けた。

布の落ちる音のあと、

「脱いだぜ。……それで？　どうするつもりだ」

挑発するように声をかけられ、朔矢はおずおずと視線を彼へと向ける。

視線が合ったとたん、堂々と裸身をさらしたイスハークは頬をゆがめ、強《したた》かな大人の男の艶を帯びた笑みを刻んだ。

目の前に迫る、雄の色香したたる見事な肉体に、朔矢はゴクリ…と息を呑む。

――彼が……欲しい。

朔矢の胸に渦巻いている気持ちは、言葉にできないことばかりで。それならば、せめて身体だけでもイスハークと一つになりたかった。

朔矢は無意識のうちに自分の腰に手をやる。すでに身体の奥で重くわだかまる熱が苦しくて。小さく息をつくと、急かされるようにして、着物の帯を解いた。

しゅる…と衣擦《きぬず》れの音を立てて帯が落ち、着物の前がはだける。

寝台に横たわったまま上半身をかすかに浮かせ、身体をよじってそでを抜き、襦袢《じゅばん》姿になった。

今はただ、二人を隔てる衣服も、そして立場も――なにもかも脱ぎ捨てて、互いの素肌を触れ合わせ、彼の熱を感じたい。

そんな思いに衝き動かされ、朔矢は襦袢の紐《ひも》へと手をかけた。

動きづらい体勢のせいと、この期《ご》に及んでもまだ捨て去れない羞恥に震える指のせいで、なかなか紐を解けないのがもどかしく、朔矢は震える息をつき、潤んだ瞳をイスハークへと向ける。

「――……ッ」

すると焦れたようにイスハークは唸ると、乱暴に朔矢の足首をつかみ、そのまま大きく脚を割り広げた。

「ぁ……ッ」

ゆるんだ紐では押さえ切れず、朔矢の襦袢が乱れ、大胆にはだけた。

裾から覗く脚に、イスハークは誘われるようにして顔をうずめる。

「ひぁ…、んん…っ」

太ももにきつく吸いつかれ、チリリと走った痺れに朔矢は脚を震わせた。

イスハークの舌が太ももを這い、気まぐれに肌をついばんでは、徐々に押し開かれあらわになった脚の付け根へと近づいていく。

「あぅ…っ。イスハーク……やあ…あぁ……ッ」

性急に下着を下ろされて双丘を指で割り拡げられ、奥にひそむ蕾に舌を這わされて。朔矢は身をよじらせ、起きようとあがいた。

「じっとしていろ……やめていいのか?」

秘部を舐められる恥辱に朔矢が拒んでいると思ったのか。誘ったのはお前だろうと、イスハークは低い声で咎め、双丘をきつくつかむ。

「ぁ…っ、そ…じゃなくて……私…も……っ」

イスハークが欲しいのだと、彼を感じたいのだと、朔矢はその逞しい身体に必死に手を伸ばし、訴える。

その意図を察し、彼は拘束する腕をゆるめると朔矢の身体を抱きかかえ、体勢を入れ替えた。

「あ、ぁ……」

イスハークの身体の上に反対を向いた格好でまたがされ、彼の目の前に恥ずかしい秘部をすべてさらけ出される姿勢を取らされる。

そのはしたない己の姿に恥じ入って、朔矢はか細い息を漏らした。

けれど、彼のすでに隆々と力を漲《みなぎ》らせた昂ぶりを突きつけられてしまえば、かすかに残るためらいもぐずぐずにとろけていってしまう。

「すご…い。イスハークの……もう、こんなに……」

顔を近づけただけで蒸れるような熱を感じるほどに猛った彼の肉楔に、思わず朔矢の喉がこくりと鳴った。

「お前が色っぽく誘うからだ……」

イスハークはかすれた声で囁くと、朔矢の恥じらいと情欲に揺らめく双丘の丸みをこねるように撫でた。

「んん…っ」

それだけで貪欲な後孔は触れられることを期待して、ひくん…と淫らにひくつく。

朔矢の淫猥《いんわい》な反応にそそられたのを隠さず、イスハークはますます自身の欲望をふくらませる。

自分を求めて昂ぶるイスハークに、朔矢の瞳が、そして内奥が、湧き上がる悦《よろこ》びにじわり…と潤みを帯びていく。

「ふぁ…っ、んんっ、あ…ふ……」

イスハークの欲望をさらに煽り、育てようと、朔矢は深く彼をくわえ、口淫に熱を込めた。

昂ぶりをあやすように太い幹に舌を這わせ、亀頭を口腔《こうこう》で締めつける。

「いいぜ……お前のここも、このところずっと可愛がってきたから紅く熟れて……美味《うま》そうだ」

彼は朔矢の奉仕を褒めながら、蕾のふちを押し拡げ、露出した襞《ひだ》をちろりと舌でなぞり上げる。

「んぅ…っ、イスハーク……ッ」

過敏な粘膜を舐められ、さらに内奥へと舌をもぐり込まされて。朔矢ははしたなく腰をよじり、身悶えた。

「俺のは美味いか…？　そんなに口いっぱいにほおばって……」

イスハークを求め乱れる自分を浅ましいと思うのに。

彼の欲望をほおばった頰を撫でられて返事をうながされると、朔矢の頭はかすみ、彼のことしか考えられなくなる。

混じりけのない彼の欲望の発露だと思えば、舌を刺すような先走りの苦みも、すべて甘露《かんろ》に思えるのだ。

「美味《おい》し……い……イスハーク…っ」

込み上げる恥辱に身を焦《こ》がしながら、それでも抑え切れない昂ぶりに瞳を潤ませ、朔矢は淫猥な言葉を口にした。

すると、イスハークは低く笑い、褒美だというように、淫らな刺激でふっくらと腫れたふちを舌で舐め上げ、奥まで指を突き入れてくる。

「んぁ…んっ、ひぅ…んんぅ…っ」

そのきつすぎるほどの快感に、朔矢は逞しい昂ぶりにふさがれた唇から喜悦《きえつ》の声を上げた。

穿つものを求めてうねる襞が彼の指に擦り立てられ、苦しいほどに熱を煽られていく。

けれど貪欲な内奥は、足りないとばかりに疼きを増すばかりだ。

――お前が言ったとおり、俺もお前も、もう子供じゃない。傍にいればどうなるか、互いの身体が証明している。……そうだろう？

再びこの国に来てすぐに告げられた、あのイスハークの言葉どおりだ。

彼の体温を感じたとたん、この罪深い身体は淫らにとろけ、欲しがる気持ちがあふれて理性までも侵食して、欲望を制御できなくなってしまう。

「あぁ……お願……ぃ……お願いだ……イス…ハーク……っ」

熱い昂ぶりで疼く身体を埋めて欲しいと、朔矢は彼の名を呼び、切なく腰を揺すって懇願した。

「――欲しいか？」

低く問われ、朔矢は恥じらいながらも、小さくうなずく。

これ以上我慢するのはつらすぎる。身体は急くように、イスハークを求めて火照っているのに。

すると身体を持ち上げられ、今度はイスハークと向かい合った状態で、横たわったままの彼の下腹部へと腰を下ろされる。

「いいぞ。……ほら、入れてみろ」

そう言って、イスハークは朔矢の双丘の割れ目に昂ぶりをこすりつけてきた。

「ッ……」

恥ずかしい姿勢を強いられて、それでもとろけきった蕾を逞しい昂ぶりでこすられる感触に、朔矢の身体は熱を上げる。

「どうした？　朔矢……」

イスハークは朔矢を見つめ、うながしてくる。

朔矢がどこまで欲しがっているのか試しているような、探るようなまなざし。

ならば自分がどれだけ彼を欲しがっているのか示してやろうと、朔矢は熱に浮かされたようになりながら腰を浮かせ、彼のものに手を添えた。

「んぅ……っ」

そして期待に震える蕾へと彼の欲望をあてがうと、朔矢はゆっくりと腰を下ろしていく。

じわじわと狭い内壁を押し拡げ、朔矢を犯していくイスハークの熱く脈打つ昂ぶり。

最後まで彼を内奥へと収め切って、朔矢は吐息を漏らした。

散々舌で濡らされて淫らにほころんだ蕾は、迎え入れた熱を慕い、吸いついていく。

少し動くだけで、ジン…と痺れるような快感が朔矢を貫く。その強すぎる感覚にたまらず背をしならせ、恐る恐る腰を揺らした。

「こら……一人楽しんでいないで、もっと俺にお前を味わわせろ」

朔矢の緩慢《かんまん》な動きに、イスハークが焦れたように唸り声を上げ、乱暴に腰をつかむ。

「んぁ…っ、ひぅ……んっ、あぁ……ッ！」

そして彼は朔矢の内奥へと、凶暴なほどたぎった昂ぶりを突き入れてきた。

「すごい…な。とろとろになってるくせして、熱くて、欲しがってめちゃくちゃ締めつけてくるぜ……」

とろりとまとわりついてくる媚肉の熟れた感触に、彼は囁く声に獰猛な欲望をにじませる。

「くぅ…んっ、んぁ…イスハークのも、すご……熱…くて……こんな…大き…ぃ……んんっ」

朔矢で感じて、大きく脈打つ彼の昂ぶりがうれしくて、愛しくてたまらなくて。朔矢は恐ろしいほどの愉悦に胸を喘がせながらも、徐々に腰の動きを大きくしていく。

朔矢の痴態に煽られたように、イスハークの突き上げも強く、さらに激しくなった。

「あぁっ、やぁ……んんッ」

押し寄せる快感の渦に翻弄され、朔矢は淫らに身をくねらせて腰を振り続ける。

いっそ、おかしくなってしまいたかった。

二人に課せられた責務も、立場も、地位も、なにもかも忘れて。

あるのはこの熱い身体と欲望。それ以外はいらないから――

「朔矢……ッ」

朔矢の身体にきつく腰を打ちつけて、イスハークが咆哮《ほうこう》を上げる。

「ひぃ……ぁん…ッ!!」

双丘をわしづかみにされ、揉み込まれながら、さらに狭まった内壁を猛々しい昂ぶりに擦り上げられて。

その強烈な快感に途方もない絶頂感に見舞われ、朔矢は激しく身をよじらせながら、極みへと駆け上がっていく。

「――く…ッ」

朔矢の激しく蠢動《しゅんどう》する襞に連動したかのように、イスハークのものがビクビクと力強く脈打つ。その拍子に膨張した彼の熱塊から、熱い欲望のつぶてがほとばしった。

「んぁ…、ふあ…ぁ……っ」

最奥にまで打ち込まれた熱に刺激され、朔矢は長く尾を引く快感に残滓《ざんし》をまき散らしながら、ヒクヒクと痙攣《けいれん》を繰り返す。

「いい眺めだな……薄桃色に染まったお前の肌や、俺のものをくわえた淫らなところまで、全部見えるぞ」

イスハークは満足げに呟いて、汗と二人の精に濡れた朔矢の身体をなぞった。それだけで痺れるような愉悦が走って、朔矢はふるりと身を震わせる。

彼の言葉を裏付けるように、朔矢の中に埋まったままの欲望は、いまだ衰えぬ昂ぶりを見せて熱く脈打っていた。

「あぁ……」

朔矢からも、自身が放った白濁がイスハークの褐色の肌にも散って、彼の引き締まった胸板や腹筋を淫らに濡らしているのが見える。

まるで、イスハークに朔矢のものである印をつけられたようで。その光景に、めまいのするような高揚《こうよう》感が込み上げて、朔矢は思わず熱い吐息をつく。

だが、イスハークがふいに身体を起こし、その弾みにずるりと昂ぶりが抜けていった。

「やあ…ぁ……、抜く、な……っ」

身体から熱が逃げていく感覚に、朔矢は腰をよじって訴える。

「そんな泣きそうな顔をして……もっと欲しいのか？」

「あぁ…っ、欲しい…全部……イスハーク…ッ!!」

イスハークの中にたぎる欲望のすべてを求め、自分の身体に取り込みたいと、朔矢は身も世もなく乱れ、すすり泣いた。

サミーラにも、他の誰にも渡したくない。

全部、自分のものだ。

イスハークの欲望も、身体も……なにもかも全部——

「いいぜ……欲しいだけくれてやる。……朔矢」

イスハークはそう言うと朔矢を押し倒す。そして今度は自分が上に覆いかぶさって朔矢の身体へと挑みかかった。

「んんぅ……っ!」

再びイスハークの欲望が内奥へと押し入ってくる。

内部を満たし熱く脈打つ存在を感じて、朔矢は感極まって涙をあふれさせる。

「すご…ぃ……イスハークが、いっぱい……」

あまりの量に収まり切れない彼の精液が、淫らに繰り返される律動に合わせて朔矢の後孔からぐじゅぐじゅと淫らな水音を立てて泡立ち、零れ落ちていく。

「そんなに煽るな……クソ…ッ」

どこか悔しげに呟くと、イスハークはさらに腰の動きを速め、激しく朔矢の身体を貪ってくる。

「あぁ……イスハーク……イスハーク…っ」

与えられる熱を離すまいと、朔矢は涙を零しながらただ、一心にイスハークを求めて彼の背へとすがりついた――

6

密会の現場を目撃して、ショックに我を忘れてイスハークを求め、どろどろになるまで抱き合って――朔矢は最後、気を失うようにしていつの間にか眠りについていた。

朝起きると、イスハークの姿はすでに部屋から消え、朔矢は綺麗に身を清められた状態で主寝室に移され、寝かされていた。

それから五日。イスハークはずっと戻ってきていない。

脅迫騒ぎや色々な妨害工作があったと聞かされていたから、またなにかあったのだろうかと心配になる気持ちと……朔矢のあまりの淫らさと強欲さに、さすがに愛想が尽きてしまったのではないかという不安が募って、朔矢の胸は千々《ちぢ》に乱れた。

そんな中、さらに朔矢の不安を煽る噂が飛び込んできた。

サミーラが、ルシュディーと密会しているというのだ。

最初、イスハークと勘違いしているのでは、と思っていたが、どうやらそうではないらしい。

「あくまで噂です。けれど、この噂を流した者がイスハーク殿下とサミーラ姫が婚姻関係を結ぶことを快く思っていない、ということだけは間違いありません。そうなれば、イスハーク殿下を王位から引きずり下ろす材料がなくなってしまいますから」

ウマルはそう言っていたし、サミーラの様子からしても、イスハークからルシュディーへ心変わりするなど考えられなかった。

だが、サミーラの父の失策は思った以上に国に大きな打撃を与えてしまっているらしく、サミーラの父、そしてサミーラ自身ももし、バシュヌークの支援を受けて立て直せないとなれば、かなり厳しい立場に追い込まれるだろうという話だった。

そんな状態でサミーラは確実に次期国王に取り入るために、イスハークが反対勢力に王位を追われた時のことを考え、いざとなればルシュディーに鞍替《くらが》えできるように、二人を両天秤にかけているのではないか、そう言った声が出てきた。

その話を聞いた時。朔矢の中に、憤りとも哀しみともつかぬ感情が込み上げて、たまらない気持ちになった。

自分なら――イスハークが困難に見舞われている時、絶対に見捨てたりしない。

彼が大変な時こそ、傍にいて力になりたいと思うのに――

いっそのこと、イスハークとサミーラの婚姻を壊してしまえれば。

「ふふ……」

そこまで考えて、朔矢は力ない笑いを零した。

……できるわけがない。

自分のエゴだけで彼を奪えるというのなら、とっくの昔にやっていた。

けれど、イスハークに必要な力を持っているのはサミーラで。自分の存在は力どころか、害にしかならない。

だからこそ九年前、自分は彼のもとを出て行ったのではないか。

——愛している。

意地悪で、けれど優しいところも。不遜で、匂い立つような男の艶を持って人を翻弄するくせに、ふと少年のようないたずらっぽい微笑みを零すところも。

愛している。イスハークのすべてを。

彼の輝かしい未来を奪うくらいならば、また離れて独り、氷のように冷たく閉ざされた刻を過ごすほうがましだ。

二度目の別離はもっとつらく、苦しいだろう。けれど、イスハークが王となって、彼の思い描く素晴らしい国を造る。

その姿さえあれば、どんな孤独にも耐えられる……きっと。

彼もまた、なんの前触れもなく朔矢がいなくなったあとの孤独に耐え、今の地位を築いたのだ。

だから、イスハークのすべてを守る。

たとえ自分の命に代えても――


朔矢は決意を胸に秘め、再びアバヤをかぶり姫君たちの集う別館へと足を踏み入れた。

サミーラに会うためだ。

以前ルシュディーに連れられ、その上イスハークに連れ出された朔矢のことを門番が覚えていたおかげで、すんなりと入ることができた。

そして――朔矢のことを覚えていたのは、門番だけではなかった。

朔矢が大広間に入ると、すぐに声をかけられた。

振り向くと、薄布のアバヤに鮮やかな緋色のドレスを着たサミーラが立っていた。

「お久しぶりですわね……今までどちらに泊まっていらっしゃったのかしら？　一向に姿が見えないので、心配していましたのよ」

サミーラは朔矢に近づくと、そう言って笑いかけてきた。だが目は笑っておらず、むしろ鋭いまなざしで朔矢を見つめてくる。

その言葉に隠された刺《とげ》を感じ、彼女が朔矢を敵視していると悟る。

——殿下が別館まで訪ねてきてくださった夜、あなたがアバヤを着た娘と館を出て行ったという噂を聞きました。

そうだ。サミーラがイスハークを密会していた時、確かに彼女はそう言っていた。

そのうえ、朝を過ぎても、それどころか日を越えてもずっと戻らずにいれば、心配にならないわけがない。

実際、彼女は不安もあらわにイスハークを問い詰めていたのだから。

「……恐れながら、折り入ってお話ししたいことがあるのです。サミーラ姫」

朔矢は覚悟を決めて申し出る。すると、サミーラは顔を引き締め、

「分かりました。込み入ったお話のようですし、場所を移してお話しいたしませんこと？」

静かにうなずくと、そう提案してきた。


そしてサミーラに連れていかれたのは、彼女専用の個室だった。

個室といっても王女に与えられた部屋だけに、さすがに広く、やわらかな色合いの内装で統一された優美な造りの部屋だ。

しばらくは傍仕えの女性に給仕させたお茶を優雅に楽しみながら、差し障《さわ》りのない会話をしていたサミーラだったが、思い詰めた面持ちの朔矢を見やり、

「――物言いたそうなお顔をしていますが、なにか聞きたいことがあるというのなら、はっきりとおっしゃったらどうです」

ずばりと直裁《ちょくさい》に切り出してきた。

これ以上は延ばせないと、朔矢は決心して顔を上げる。

「噂を……耳にしました。ルシュディー殿下と、あなたの」

「あなたこそ、行きはルシュディー殿下、帰りはイスハーク殿下に送り迎えしていただいて、お二人に大層お気に召されているそうではないですか」

朔矢の言葉を非難と受け取ったのか。言葉尻をきつくして言い返すサミーラに朔矢は首を振る。

「誤解されていると思っていました……ですから、そうではないとお伝えしにまいったのです」

「誤解？　私がなにを誤解しているというのかしら」

「私は……姫にライバル視されるような、そんな立場の人間ではありません」

目を伏せて言う朔矢に、彼女の顔に浮かんでいた刺がやわらぎ、戸惑ったような表情になる。

「そう……上流階級の者にしては、少し変だと思ってはいたわ。ルシュディー殿下がお連れになったということで口には出せなかったけれど……」

やはり、朔矢の態度に違和感を覚えていたのだろう。サミーラはポツリと呟いた。

いまだに彼女に対して自分は性別も……気持ちも、偽っている。

罪悪感にさいなまれながらも、朔矢は意を決して口を開くと、

「それを踏まえてお聞きしたいのです。あなたがイスハーク殿下とルシュディー殿下、どちらのことが好きなのか」

固い声でサミーラを問い詰めた。

それを聞いた彼女は意表をつかれた、というように大きく目を見開く。

だが、サミーラはすぐに気を取り直し、朔矢に強気なまなざしを向けると、

「好き……いかにも下々の者らしい発想だわ。私の感情など関係ないの。あるのは国同士の思惑だけよ」

そう言い放ち、褐色の美貌にぞっとするような冷笑を浮かべた。

その凄みを帯びた笑みに、思わず圧倒される。そんな朔矢を見やり、彼女はあざ笑うと、

「それがどうしたの。あなたはわざわざゴシップを確かめに来たというわけ？　口うるさい記者のように」

さらに馬鹿にしたような口調で言った。だが朔矢は気を取り直すと
「いえ。――――それならば、周りの雑音に惑わされることなく、イスハーク殿下を選んでいただけませんか」

サミーラの挑発には乗らず、あくまで真摯に答える。

「あなた……いったいなにを……」

意図をつかみかねたのか、彼女は眉を寄せ、困惑ぎみに問い返した。

「単純なことです。イスハーク殿下は、必ずや次の国王として素晴らしい国を造る立派な君主になられます。ですから、どうぞあなたにそのための力となっていただきたいのです……サミーラさま」

朔矢は熱を込め、必死に言い募る。すると朔矢の言葉を聞いていたサミーラの表情が急に曇り、同情の色が浮かんだ。

「あなた……イスハーク殿下を愛しているのね」

飾り気のない言葉で言い当てられ、朔矢の胸に、激痛が走った。

けれど、認めるわけにはいかない。

「……素晴らしい主君であり、かけがえのない恩人としてお慕いしているのです。決して、あなたのご迷惑になるようなことはしませんから……だから、どうぞ……」

自分の心を欺《あざむ》く胸苦しさをこらえながら、朔矢は必死の思いで言い募った。

だがサミーラは答えず、ただ寂しそうな笑みを浮かべる。

「もし、私がイスハーク殿下のように聡明な王子であれば……父を窮地に立たせずに済んだかもしれないと思うことがあります」

「……サミーラさま……？」

「そうしたら私も立場に関係なく……そんな風に純真に想いを貫くことができたのかしら」

消え入りそうなか細い声で、サミーラが呟く。

あまりの小ささに、朔矢が聞き返そうとした、その時だった。

「…………ッ!?」

突然、外から大きな爆発音が鳴り響き、朔矢とサミーラは硬直し、息を詰める。

だが、先に驚きから立ち直った朔矢は、窓に駆け寄って外を覗いた。

すると——島から離れた入江の海岸線にある、人口のパームツリーの林から、もうもうと黒煙が立ち上っていた。

あそこも確か、『ジュメイラ・ワールド』の敷地内だったはずだ。

「サミーラ姫、煙が出ています……火事でしょうか。幸い距離は遠いですが」

朔矢は固い声で呼び掛けながら、サミーラを振り返る。すると、爆発音がよほどショックだったのか、彼女は真っ青になっていた。

その時、続きの間の扉からノックする音が響いて。ビクリと身体を強張らせるサミーラに、朔矢もつられて緊張する。

返事を聞くこともなく、ドアが開かれる。

「——まだこんなところにいらしたのですか。サミーラ姫」

てっきり傍仕えの女性かと思ったのに。長衣と頭布姿の壮年の男が、応えも待たずに勝手に部屋の中へと入ってきた。

女性たちの集う、しかも姫の個室にずかずかと入り込んでくるなんて……と朔矢はいぶかしんで眉をひそめる。

「衛兵の方ですか…？　さっきの凄まじい音は、いったい……」

だが緊急事態でやってきたのかもしれないと、朔矢は気を引き締めて彼に尋ねた。

「ああ……『ジュメイラ・ワールド』の施設内で爆弾が発見されたのですよ」

すると返された答えに、朔矢は驚愕に目を見開く。

「爆弾……!?　それで、大丈夫なんですか」

「ええ。――残念ながら」

焦って尋ねる朔矢に、男は場にそぐわない優雅な笑みを浮かべて言った。

「それは……どういう意味、ですか」

返された言葉の意味をつかみかねて、朔矢は不審を募らせつつも問い返す。

「『ジュメイラ・ワールド』の爆破計画――華々しいお披露目の中、施設を破壊していき、最後に忌々しいこの城を業火《ごうか》で焼き尽くして、イスハーク殿下の権威を失墜させる。それが、今回の我々の計画でした」

――『ジュメイラ・ワールド』の特別会員用のホームページがハッキングされて悪質ないたずらが仕掛けられていたんです。施設の画像がすべて崩れて廃墟になるという……。

男の「破壊」という言葉に、ウマルに教えられた脅迫事件が朔矢の脳裏を過ぎった。

「まさか、あのハッキングも……？」

「ええ。サミーラ姫とその付き人は花嫁候補としてイスハーク殿下の懐にもぐり込み、我々の協力者を『ジュメイラ・ワールド』の中に招き入れたり動きを探ったりと協力していただいておりました。ですがサミーラ姫の情報を元に警備の手薄になる隙をついて計画を決行しようとした矢先、いつの間にか向こうに我々の動きが筒抜けになっていたようで、待ち伏せされ、計画が台無しになってしまったのですよ……まさか、直前で裏切るとは……いや、ひょっとしたら、最初からそのつもりだったのかもしれませんが」

男の言葉に、朔矢は慌ててサミーラを振り向く。

すると――美しい相貌からは完全に血の気が引き、痛々しいほど肩を震わせるサミーラの姿があった。

「償《つぐな》っていただきますよ、サミーラ姫。覚悟はよろしいですね?」

男は爬虫類《はちゅうるい》のような冷酷さで目を細め、微笑む。

思わず蛇に睨まれたように硬直した朔矢とサミーラ。そんな二人に、男の合図でさらに部屋へと三人の暴漢たちが押し入ってきて。

迫る危機に慄然《りつぜん》とする朔矢とサミーラに、容赦なく男たちは襲いかかった。

別館のサミーラの個室の中には、巧妙に地下に続く通路が隠されていた。暴漢たちも、そこを通って彼女の個室へとやってきたらしい。

たどり着いたのは、倉庫のような広い空間。

そこには大きな木箱や鉄のゲージなどが積み上げられ、物々しい雰囲気を醸《かも》し出していた。

「どうですか。こう見えても私もこの国では名の知れた事業家でね。『ジュメイラ・ワールド』の基礎工事の段階から配下をもぐり込ませ、こうして準備をしていたのです。サミーラ姫にもご協力いただきましたよ。……残念ながら途中までは、ですが」

得意げに話す壮年の男性を、朔矢は低い位置から必死に睨み上げる。

「手荒い真似をしてしまって申し訳ない。君たちには、迎えが来るまでの人質になってもらいたいので、無駄に傷をつけたくないのだが……あまりに片方のお嬢さんがじゃじゃ馬なもので、こうするしかなかったんですよ」

そう言うと、床に這わされて男たちに押さえつけられた朔矢を見下ろした。

サミーラは男たちに囲まれて脅され、朔矢の傍《かたわ》らに座らされている。

「なぜ、こんなことをするのです……いくらイスハーク殿下が欧州の血を引いているといっても、『ジュメイラ・ワールド』はこの国にとっても大きなビジネスチャンスのはずだ。事業家を名乗るくせにそれをつぶしてしまうなど、とても正気の沙汰《さた》とは思えない」

朔矢の問いに、壮年の男性は不愉快そうに顔をしかめた。

「やりすぎたのですよ、イスハーク殿下は……。この国の建築や国土開発は、我々民間の事業家が力を注いできた。だが『ジュメイラ・ワールド』が成功して、彼が目論《もくろ》むとおりに海外資本が大量に入ってくれれば、我々が独占してきたビジネスを脅かし、代々築いてきた我が一族の利権が失われることになりかねない。そんなことを、黙って見ているわけにはいかないのです」

そう言って、壮年の男性は手元の木箱から銃を取り出した。

それを見て、木箱や鉄のゲージの中身はすべて物騒なものばかりなのかと、朔矢は戦慄《せんりつ》する。

「私はシャミル国王とも親しくさせていただいていてね。失敗の穴埋めをして差し上げるうえに、我々が推《お》すルシュディー殿下との婚姻もお膳立てして、発展を約束していたというのに……」

男は言いながら、手にした銃身をもてあそぶように撫でる。その姿に、サミーラは痛々しいほど蒼ざめ、震えていた。

「あなたは姫どころか、男を手玉に取って二股かける売女《ばいた》だ。サミーラ姫」

銃を手に振り返り、壮年の男性はサミーラへと銃口を向けた。

「ヒッ」と叫んで気を失いそうになるサミーラを見やり、彼はせせら笑う。

「やめなさい…！　あなたのような卑劣漢《ひれつかん》が、姫を侮辱するのは赦さない。彼女は、無能で自分の利益しか考えない強欲な者どもに流されてしまう愚を犯さなかった、賢明な人だ」

見ていられず、朔矢は倒された身体をにじってサミーラをかばった。

「部外者のお前になにが分かる」

「分からない。自分たちの利益だけを追い求めて、正当な努力もせずにこんな手段で人を屈服させようとしている連中のすることなど、分かりたくもない……！」

冷徹な目で睨み下ろしてくる男に、屈するまいと朔矢は声を張り上げて叫んだ。

己の権力と欲望のためだけにイスハークの事業の邪魔をするなど、絶対に赦せない。

事実、シャミル国の国王は利益本位の豪商に振り回されて困窮していると言っていたのだ。

「生意気なお嬢さんだ……自分の立場が分かっているのかな？」

壮年の男性は、そう言って銃口をゴリ…ッと朔矢の眉間に押しつけてくる。

「――――…ッ！」

冷たく硬い鉄の感触に、朔矢の喉が恐怖で急速に干上がり、いやな汗が額にどっと噴き出す。

男たちに無理やり引きずり起こされ、朔矢は胴体に機械を埋め込まれた幅の広いベルトのようなものをつけさせられた。

「これ……は」

普通ではない形状に、不吉な予感をかきたてられ、朔矢は声を震わせてしまう。

「どうかな、着けごこちは？　――――自爆用に取っておいた特殊爆弾だよ」

告げられたショッキングな言葉に、朔矢の身体は思わずふらついた。

「おっと……気をつけてくれ。強い振動を加えると爆発しかねないぞ。そうすれば、その綺麗な顔もすらりと細い身体も、あっという間にこっぱみじんだ」

紳士的に腰に手を添えながら、壮年の男性はおぞましい警告をした。

恐怖にひきつった朔矢の顔を見つめ、彼は満足そうに笑う。

「君には人柱になってもらおう。イスハーク殿下を象徴する忌まわしいこの外国の建物は、爆破の炎と外国人の血で染め上げるんだ。そうすれば、みんな十四年前の惨事を思い出して、浮かれた気持ちを改めるだろう」

さらに、男の口から飛び出した不穏な言葉に、朔矢は大きく息を呑んだ。

「まさか……父を巻き添えにした火災も、貴様《きさま》たちが……ッ!?」

「父？　――そういえば、あの惨事の犠牲になった建築家の子供が戻ってきているという噂を聞いたが……まさか、君がそうなのか」

信じられないといった様子で、壮年の男性は低く問う。

答えられず呆然とする朔矢の様子を見て、本当だと悟ったのだろう。彼はニッと凶悪な笑みを浮かべると、

「それは面白い。話ではずいぶんとイスハーク殿下に気に入られていると聞くしな。では、親子揃って王家に災厄を振りまく疫病神として、我々に貢献してくれたまえ」

勝ち誇った顔で、そう言い渡した。

その言葉に、朔矢は絶望の淵に突き落とされる。

男の卑劣さに対しての怒りと、これから自分に降りかかる災厄に対しての恐怖。父の敵《かたき》を目の

前にしてなにもできない悔しさ。そして、またイスハークに迷惑をかけてしまう哀しさ――なんとか回避しなければと思うものの、男たちに取り囲まれたうえに足が震える今の状態では、倒れないようにするだけで精いっぱいだった。

「――来たか」

扉から聞こえてくる合図の音に反応して呟く男に、朔矢はビクリと身体を震わせる。

彼らの迎えが来たら、自分はここに置き去りにされて、そして……。

あとほんのわずか先に待ち受けているだろう自分の運命を想像して、朔矢は恐怖に打ち震える。

だが、扉を開けて入ってきた男が連れてきたのは、彼らの援軍ではなく――

「――残念だったな。助けは来ない。永久にな」

ずらりと揃ったバシュヌーク軍の精鋭部隊、そして彼らを引き連れ、朗々《ろうろう》とした声で暴漢たちに言い放つ、イスハークの姿だった。

イスハークは銃を突きつけられ拘束された男を、壮年の男性たちの前に突き出す。

「イ…イスハーク殿下のお言葉は、本当です……配下の者はほぼ捕まりましたし、他の保守派も、支持しているルシュディー殿下の説得で手を引きました。……お手上げです」

壮年の男性の仲間らしい。拘束された男が、憔悴《しょうすい》し切った声で絞り出すように敗北を告げた。

「これ以上は無駄な抵抗だと分かっただろう。さっさと降伏するならば、温情ある処置を与えてやろう。――二人を解放しろ。今すぐに」

イスハークは暴漢たちを睥睨《へいげい》し、ぐるりと見回すと、低く響きのある声で厳かに言い渡した。みな、イスハークの威圧感あふれる姿と酷薄なまなざしに、息を呑んですくみ上がる。だが、

「そんな言葉を信じて、我々が素直に言うことを聞くとお思いですか…？」

壮年の男性は、焦りをにじませながらもなんとかあらがおうとしていた。

「イスハーク殿下御自《おんみずか》らお出ましになるとは、さすがに姫たちは大切のようですね。この裏切り姫か、それともこちらのじゃじゃ馬姫か……どちらにしても、お預りしている姫君たちに傷をつけたとあっては、あなたのお立場も悪くなるでしょうね…？」

そう言うと、壮年の男性は人質であるサミーラと朔矢を盾にするように自分の前に突き出す。

とたんに表情を険しく変えたイスハークを見やり、壮年の男性はニヤ…ッといやな笑みを浮かべた。

「この者には爆弾を仕掛けてある。私の胸三寸でいつでも起爆させることが可能なのですよ」

壮年の男性は、朔矢の胴に巻かれたベルトをなぞりながら言う。

「――それは、覚悟があっての言葉なのだろうな…？」

「なに……？」

イスハークに静かな声で問われ、壮年の男性はうろたえた声を上げる。

「私は、その者を愛している。……なによりも、誰よりも」

まっすぐに放《はな》ったイスハークの言葉に、朔矢の心臓が軋みを上げる。

いったい、それはどういう意味なのか――

「……あなたは、いったいなにを……」

壮年の男性が、理解できない、といった様子で顔をしかめる。

朔矢も、信じられない思いだった。

この状況で、人質が価値のあるものだと知らしめることがどういう意味を持つか。分からないイスハークではないはずだ。

こんな時だというのに。期待が胸の中、じわりと浮かびそうになって……朔矢は慌てて首を振った。

自分はサミーラとの未来を応援すると決めたのに。

「私がなにを考えているか、教えてやろうか……？」

突然、低く笑うと、鋭く研ぎ済まされた声でそう問うてきたイスハークに、彼はビクリと身体を強張らせる。

「今、私は大変な理性を総動員して、なんとか言葉をつむぎ出している。……もし、私の愛する者がこれ以上、少しでも辱《はずかし》めや傷を負うようなことがあれば、私は――貴様に必ずや復讐を遂げるだろう」

朔矢の腰をつかむ壮年の男性の手を睨みつけ、イスハークはギリ…ッ、と音が聞こえそうなほど、きつく手を握り締めた。

「そちらの氏素性《うじすじょう》はすべてつかんでいる。貴様に手を貸した者はいわずもがな。一族郎党《ろうとう》すべてを血祭りに上げてやろう。貴様は一番最後に取っておいてやる。目の前で、貴様の愛する者すべてを奪い、絶望のどん底に追い落とすまでな……」

地を這うような低く響く声で言い渡すと、イスハークは鋭い犬歯を見せて獰猛に笑う。

その、業火《ごうか》のごとく怒りに燃えたぎるイスハークのまなざしを受け、暴漢たちは凍りつく。

「ひ、卑怯な…っ、家族になんの関係が……！」

「私の家族同然の、愛する者を盾に取る貴様がそれを言うのか？」

壮年の男性の非難に、イスハークはせせら笑う。

「そんな、ことは……法を超えた処分だ。いくら王子と言ってもとうてい赦されるものではありませんぞ……」

脅しではないと悟ったのだろう。壮年の男性は怯えに声を震えさせた。

「だろうな……だから、その時は望みどおり王位を捨ててやろう。大切な者一人守れないような男では、一国の主として国民を預かることなどできはしないからな。――その代わり、私を縛る枷《かせ》もなくし、今まで培《つちか》ってきた膨大な人脈や資産……私のすべてを投げ打って、必ずや貴様への復讐を、果たす」

一片の迷いもない揺るぎない声で、イスハークは決然と言い放つ。

壮年の男性はただ、その宣言を愕然と聞いていた。

「最初に告げた勧告は、あくまで次期国王の立場として言ったものだ。それでも、貴様には私に王位を捨てさせる覚悟があるのか、と問うているのだ」

王位を継ぐ立場でなくなれば、もうその限りではないと、イスハークは重ねて繰り返す。

「これが最後通牒《つうちょう》だ。――――降伏するなら、温情ある処置を与えてやろう。二人を解放しろ……今、すぐに」

イスハークの厳然たる宣告に、打たれたように、壮年の男性の手から力が抜け……そして、他の暴漢たちも誰一人身じろぎもできなかった。

こうして、朔矢とサミーラはようやく解放された。

降伏した暴漢たちはイスハークの命を受けた兵士たちの手ですぐに連行されていった。

朔矢の爆弾は、彼らでは取り外せないということで、起爆スイッチを取り上げ、仕組みなどを細かく聞き出していた。

そしてイスハークはすぐに爆弾処理班を呼ぶようにと要請し、解放されたサミーラへと近寄る。

「姫……危険な目に遭わせてしまって、本当に申し訳ありませんでした」

「いいえ……身から出た錆《さび》、ですわ」

顔を曇らせて詫びるイスハークに、サミーラは恥じ入るように目を伏せた。

「そんなことはない。あなたのご協力は忘れません。必ずや、ご恩はお返しいたします。困ったことがあればいつでもご相談ください、サミーラ姫」

「イスハーク殿下……」

イスハークに真摯な言葉をかけられて、さっきまで蒼ざめていたサミーラの頬が上気したように染まる。

イスハークを瞳を潤ませて見つめるサミーラに、朔矢の胸がチリチリと焦げつくように痛む。

そんな未練がましい自分を、朔矢は自嘲する。

サミーラは裏切りという大きなリスクを背負ってまで、イスハークのために尽くしたのだ。

それに、彼女の顔を見れば分かる。——イスハークのことを想っているのだと。

これこそ、自分の望んでいた展開だったはずだ。

朔矢は顔を背けたい気持ちをこらえ、現実をあえて目に焼きつけようと、彼らを見守る。自分の中の愚かな想いを、断ち切るために。

だが、彼はふいにサミーラから離れると、

「姫を至急、安全な場所へとお連れしてくれ。それと残りの者は処理班が来るまで、念のために周囲を探索するように」

近くにいた兵士たちにそう言い渡した。

「イスハーク殿下は……？」

「私は、ここにいます。この者を一人にするわけにはいかない」

朔矢を見つめてそう答えるイスハークに、サミーラの顔がサッと強張る。

「いけません…っ。イスハーク殿下、あなたはサミーラ姫について行って差し上げてください。私なら、大丈夫ですから」

一瞬よぎった喜びと、そんな自分に対する後ろめたさに、朔矢は声を張り上げて主張した。

「馬鹿を言うな……そんな状態のお前を残して、行けるわけがないだろう」

だがイスハークは取り合わず、兵士たちに「行け」と目でうながす。

主君の命を受け、兵士は戸惑いを見せつつもサミーラを連れ、部屋を出て行った。

「行けよ…イスハークっ。君がいたってなんにもならないんだから……」

それでも去ろうとせずただ一人残ったイスハークに、朔矢は焦って声を上げる。

朔矢につけられた爆弾は、確率は低いが振動で爆発する可能性もある。だからなるべく刺激しないようにと、床に座らされた状態なのだ。

「それでも、だ。俺が傍にいたいんだ」

そう言い切って、イスハークは朔矢に向かって歩き出す。

人が必死に突き放そうとしているのに。

どうして、彼はこんな風にあっさりと人の心の奥深くに入り込むのか……。

「――近寄って欲しくないんだ」

とっさに口をついて出たのは、強がりではなく、真実の叫びだった。

近寄って欲しくなかった。今の自分には……。

「君の傍にいると、ろくでもないことばかりに巻き込まれる。今も、昔も……っ。知っていたか？　私の父が死んだ火災も、あいつが起こしたことだ。……この国に殺されたようなものだ」

「……今さら、証拠を探すのは難しいと思っていたが、もしかしたらそうじゃないかという思いはあった……本当に、そうだったとはな……」

過去のことまで持ち出した朔矢に、イスハークは痛ましげな顔で呟く。

「分かっただろう？　今まで厄介者だとか疫病神だとか言われて、負い目に感じていた……でも、もうそんな風に思う必要もなくなったんだ。だから」

「お前ら親子には、本当に……謝っても謝り切れないことをした――これからは、俺がお前に尽くす。どうか、一生を懸けて償わせてくれ」

「だから…っ、私が求めているのはそんな言葉じゃない……そういうことはサミーラ姫に言え」

歯を食い縛って拒絶の言葉を投げつけているのに。そんな朔矢に向かって、イスハークは迷うことなくまっすぐに近づいてくる。

目の前までやってくると、イスハークが傍らにしゃがみ、朔矢の顔を覗き込んだ。

「近づくなと言っているだろう…っ。……私は、ひどいことばかり言っているんだぞ。なのに、なんで……」

「お前が、本気でそんなことを言うヤツだなんて端《はな》から思っていないからだ。どうせ俺が傍にいて、万が一のことが起こったら……そんなことを考えて、遠ざけようとしてるんだろう」

あくまで揺るがない口調でイスハークに図星を指され、悔しさと、どうしようもなく込み上げる切なさで、朔矢の胸は詰まる。

「そんなこと、させはしない。たとえ万が一のことがあっても、お前と一緒なら本望だ。もう、二度と離さないと決めたんだからな」

「……お前は、残酷だ……」

イスハークの告白に、朔矢の胸は震え……声が怯えにかすれた。

「なににそんなに怯えているんだ。……なにが怖い」

うながす彼のやわらかな声に、感情があふれて。朔矢はか細い息をつく。

「私…は、サミーラ姫と約束したんだ……絶対に、二人の邪魔はしないと……なのに」

ふいに、瞳から涙が盛り上がり、あふれそうになって。朔矢はギュッと奥歯を嚙み締めて、こらえた。

「私は、本当は強欲で…っ、浅ましい人間なんだ。こんな風に優しくされると、勘違いして……お前を、独占したくなってしまう。伴侶をめとるお前の幸せを、祝福してやれなくなる……気持ちが抑え切れなくなって、そのうち…お前を困らせる存在に成り果ててしまう……」

自分の浅ましさを吐き出し、昂ぶる感情のあまり、とうとう涙を零してしまって。いたたまれなさに、朔矢は抱えた膝に顔をうずめた。

「独占すればいい。――言ったはずだ。お前が欲しいだけくれてやる。俺のすべてを」

力強く言うイスハークに、朔矢は耳を疑う。

「そんな…こと……」

できるはずがない。国王からも、周りからも、妃を得ることを切望されているのに。

「お前が、なにを心配しているかは分かっている」

イスハークの言葉に、朔矢はまさか…と恐る恐る涙に濡れた顔を上げる。

「ずっと、お前には我慢ばかりさせてきたからな。九年前も……欲しいという気持ちだけで先走って、奪うだけ奪って、結局たった二才しか違わない、子供のお前に全部背負わせて独りきりにさせてしまった。……俺はさらに子供で、力がなかったからだ」

「イスハーク……知ってた、のか…？」

苦く語る彼に、朔矢は信じられない思いで尋ねた。

国王に二人の関係を知られたことは、そしてそれが原因で朔矢がこの国を出て行ったことは、国王と自分しか知らないとばかり思っていたのに。

「ああ。子供の自分では国王には到底かなわないことも、思い知らされた。だから……どんなに恋しくても、お前を背負えるくらい大人になるまで、我慢しようと決めたんだ」

まっすぐに告げられたイスハークの言葉に、朔矢は思い知る。

きっと、彼は朔矢が出て行ったあと、色んな方法で会いに来ようとしてくれたのだと。

そして、国王に阻止されて……それでも諦めずに、ずっと方法を探してくれたのだと。

「朔矢の言うとおりだ。お前が疫病神なんじゃない。災厄を運んだのは俺で——お前と、お前の父のおかげで救われた。お前こそが俺の守るべき人なんだ。だから、お前を手放すことはできないし、ずっとお前の傍にいたい」

ひたむきに告白するイスハークの姿が、子供の頃の彼と重なって。朔矢の胸に熱いものが込み上げてくる。

「その代わり、この身を懸けて守らせてくれ。お前をもう誰にも奪われないように——その力を得るために、俺は王になると決心したんだ」

子供の頃の情熱のままに、けれど朔矢の瞳をまっすぐに見つめ、そう言い切った彼は様々な実績を積み重ねてきた自信に満ちた、成熟した男の顔をしていた。

イスハークの想いに、どう答えていいかわからずに、朔矢は唇を震わせ、息を詰める。

——その時。騒がしい足音とともに、扉が開かれた。

爆弾処理班が駆けつけたのだ。

防護服を着た兵士たちが朔矢を囲み、険しい表情で爆弾の処理に取り掛かる。

「——…ッ」

その物々しい様子に改めて爆弾の脅威を思い知り、朔矢は死への恐怖に打ち震える。

だがイスハークの大きな手が、朔矢の震える手にそっと触れてきて。

「駄目……だ。離れてくれ、イスハーク……君を巻き込みたくない……っ」

爆弾の解除作業が行われる緊迫した空気の中、もう強がる余裕もなく、ただ彼を危険な目に遭わせたくない一心で朔矢は言い募った。

「言っただろう。俺にはお前が必要だ。だから絶対にお前を独りにしない……もう二度と」

「イスハーク……でも」

万が一のことを考えると恐ろしくて……もし彼を巻き込んだりしたら、自分が赦せなくなる。

「大丈夫だ……朔矢。俺が傍についている。ずっと……」

彼はそう言って、怯えさせないようにゆっくりと力を込め、朔矢の手を握り締める。

そのあたたかい感触に包まれた瞬間。恐怖に支配されていた朔矢の心に、闇夜を太陽が照らすように、希望の光が差す。

――そして無事、起爆装置が解除され、朔矢から忌まわしい爆弾が取り外されたと、処理班に告げられた瞬間、

「よく、頑張ったな……お前は、俺の誇りだ」

イスハークはそう言って、そっと朔矢の肩を抱き締め、引き寄せる。

「あ…、ぁ……」

広い胸に抱きとめられて、朔矢はようやく死の恐怖から解き放たれたことを実感し、込み上げる喜びに震える息をついた。

「――朔矢。俺は大人になっただろう？　お前をこうやって包み込めるくらいに……」

「……イス…ハーク……」

イスハークのあまりに大きな愛情を肌身に感じて。彼のあたたかな体温に包まれながら、朔矢は再び涙を零す。

「俺がなによりも誰よりも愛していると言ったのは、サミーラ姫じゃない。――お前なんだ」

朔矢の頬に伝う涙を優しくぬぐいながら、イスハークは告白した。

みんなの前で、しかも極限状態の嘘偽りの入る余地のない状況で言い放った言葉。

それがまさしく自分に向けられていたのだと知って、朔矢の胸のうちに、とめどもなく喜びがあふれだす。

「朔矢……お前は？　俺のことをどう思ってる」

少しだけ緊張した面持ちで尋ねる彼が愛しくて。

「……愛している……イスハーク。君を、誰よりも……」

彼の逞しい身体をかき抱いて、震える声で朔矢は伝えた。今までずっと押し殺してきた、ありのままの自分の気持ちを。

そして重なってくる彼の唇を受け止めた。胸の疼くような喜びに打ち震えながら――

エピローグ

イスハークと朔矢が互いの想いを伝え合ったあと。周囲も探索され、爆弾の脅威が取り払われて、無事、二人は地下室を脱出することができた。

念のために医者に診てもらって――女装して化粧していたので、急いで身を清めて着流しに着替えたが――特に異常もなく、今は王宮に戻ってきている。

『ジュメイラ・ワールド』の古城は念のため閉鎖して、サミーラの個室に造られた隠し通路の他に怪しい部分はないか、徹底的に調査中だからだ。

ゆっくりと身体を休めるようにと、朔矢はイスハークの主寝室へと連れてこられた。

彼は先ほど湯浴みしたばかりで、バスローブ姿でベッドに腰かけてくつろいでいる。

だが朔矢は王宮に戻ってくると、やはりどこか緊張してしまって。イスハークを横目で見ながら、所在なくベッドの傍のソファに腰を下ろす。

「あの……さっきは、動揺して……みっともないところを見せた」

小さな声で詫びる朔矢に、イスハークはいぶかしげに眉をひそめた。

朔矢は不審げな表情を浮かべる彼を見やり、

「その、さっきの話だが……本気なのか？　私のために君が姫をめとらずに、いばらの道を選ぶなどということになったら……」

今さら怖じ気づいたのかと彼を怒らせるかもしれない……そう思いつつも、どうしても気になって、尋ねる。

王宮にいると、やはり国王の存在を思い出してしまう。

あの時は、もしかしたら最後かもしれない、という切羽詰まった気持ちもあって、つい「イスハークを独占したい」と、ずっと抑え込んできた本音を吐露《とろ》してしまった。

けれど、こうやって落ち着いてみると、本当にいいのだろうかと、不安になってしまうのだ。

「……そう言うんじゃないかと思ってたよ」

「え……」

だが、思いがけない冷静さで彼にそう返されて、逆に朔矢のほうがうろたえた。

「俺だって考えた。責任感の強いお前のことだ。国王の意思に逆らうことを負担に思うんじゃないか。国王にもくれぐれも殿下を支えるよう任されていたのにと負い目に感じて――また、俺から離れようとするんじゃないか。それくらいだったらいっそ、周りが望むままに俺が王妃をめとったほうが、お前も安心するんじゃないか…とな」

イスハークに淡々と言われ、そこまで考えていたのかと、朔矢は呆然とする。

彼は、離れていた九年間、朔矢が思う以上に色んなことを考えてきたのだと、改めて思い知る。

「それでいいか？　朔矢。――俺が結婚しても、構わないか」

「……ッ」

静かに問いかけられて、朔矢は言葉を詰まらせる。

「どうなんだ…？　朔矢」

ベッドを下り、イスハークが朔矢の傍に近づいてきた。

「私…は……」

迫ってくるイスハークの身体に狼狽しながら、朔矢はなんとか言い繕う言葉を探す。

かがんできた彼のバスローブの襟元からふいに、まだ少し濡れた厚い胸板が覗いて。その姿に匂い立つような男の色香を感じ、朔矢はドキリとして目を逸らした。

「朔矢」

名前を呼ばれ、意識して緊張する朔矢の身体が、ふわりと彼の逞しい腕に抱き締められる。

それだけで、じわりと湧き出してくる感情を、なんとか抑えようとするけれど。

「こうやって、俺が他の女を抱いても構わないのか…？」

イスハークは朔矢を抱き寄せたまま髪を撫でて囁く。

その優しい感触を感じてしまうと、もう駄目だった。

「いや…だ……っ」

朔矢は彼の腰にかきついて、叫んでしまう。

本当にいいのかなどと殊勝《しゅしょう》に悩む振りをしながら……けれど胸のうちに秘めた本音は、ずっと変わってなどいないのに。

「――ほらな」

イスハークは誇らしげにそう言って、うれしそうに笑った。

その少しいたずらっぽい、少年のようなまっすぐな笑みに、朔矢は救われる。

戸惑って立ち止まるのは、彼に、こんな風に赦されたいからなのかもしれなかった。

国王に否定されても。幾多の姫を悲しませても。それでも自分は、イスハークを愛してもいいのだと。

「すまな…ぃ……こんな……」

思わず零れてしまった涙が恥ずかしく、朔矢はうつむいて、そっと手のひらで雫をぬぐった。

感情もろくに抑えられない……まるで、子供だ。

色々あった後遺症でまだ、気持ちが昂ぶっているのかもしれない。

そうごまかそうとしてみてももう、一度気づいてしまった気持ちは変えられなかった。

ずっと否定されてきた関係が赦されるのだと信じるのが怖くて。

――それでも、手放すのはもっとずっと、恐ろしい。

「いいさ。ずっとお前は我慢ばかりしてきたんだから……」

やわらかく髪を撫でながら囁くイスハークに、朔矢の涙腺がゆるみ、瞳から熱い雫があふれる。イスハークの言葉一つ一つに、朔矢の心はこんなにも激しく揺さぶられ、震えるのだから。

「今度は俺が甘えさせてやる。心からお前が安心できるようになるまでな」

「イスハーク……」

優しく、そして力強く言い切る彼に、朔矢はあふれる愛しさのまま、その広い背をかき抱く。

彼がうつむいた朔矢のあごをつかみ、上向けさせた。

そして顔が近づいてきて。碧《あお》と金が複雑に混じった美しい双眸が、迫る。

「ん……っ」

しっとりと重なってきた唇の感触を、陶然と味わいながら、朔矢は思い知る。

こんなにも優しく愛しい存在を失うのはもう、二度は耐えられないだろう——と。

「泣きながら俺が欲しいと必死に求めてきただろう。あの時確信した。お前の本当の気持ちを」

小さくついばむようなくちづけを繰り返しながら、イスハークが囁いてきて。朔矢は頬を朱に染める。

「それは、だって……あの時は、サミーラ姫に君を奪われたと思ったから……」

「俺が彼女と寝たと思ったのか?」

「違う……のか?」

いたずらっぽく笑って言われ、朔矢は期待をにじませて尋ねた。

「彼女は嫁入り前の姫さまだぞ？　下手に手なんか出してみろ。即、責任を取らされる」

その言いざまがいかにも遊び慣れしているといった調子で、朔矢は安堵《あんど》すると同時に苛立ちも感じて、ついじっとりとした眼つきで彼を睨んでしまう。

「私には、散々好き勝手しているくせに……」

どうせ、私は姫でもなければそもそも女でもないからな……そう続けようとした朔矢に、イスハークが伸し掛かってきた。

「だから、責任を取ると言っているだろう。俺の、俺だけの、我がまま姫さまだからな」

「だ、誰が姫だ…っ。ちょっと待て、イスハーク……！」

せめてベッドに、という言葉は、彼の唇に吸い取られて消える。

「ん…っ……私を…っ、休ませてくれるんじゃなかったのか……？」

すっかり慣れた手つきで着流しの帯、そして襦袢の紐《ひも》を解き、肌をまさぐってくるイスハークに、朔矢は焦りと期待にうわずった声を上げた。

「俺は、お前に泣かれると弱いが……同じくらい、そそられもするんだ」

イスハークはそう言うと、自分が着ているバスローブを手早く脱ぎ落とし、挑みかかってくる。

「っ……恥ずかしいことばかり、言うな……」

言いながら、目の前にある彼の裸身に自分の声が甘く潤むのを感じ、朔矢は羞恥に目を伏せた。

ソファに身体を横たわらされて、大きく開いた状態で片脚を背もたれにかけさせられる。

「こんな…格好……っ」

脚を大胆に開かされ、持ち上げられているせいで、秘部が丸見えになる。あまりの恥ずかしさに、朔矢は脚を閉じようとした。

だがそれより先にイスハークが身体を割り込ませ、さらに双丘の狭間にある蕾に指をもぐり込ませてきた。

「んぁ……んッ」

指で媚肉をなぞられる感触に、朔矢は甘い声を上げてしまう。

イスハークと離れて禁欲していた分を取り戻すかのように、昔の経験を思い出し、朔矢の身体は貪欲に快感を追い求める。

さらに今の大人になった彼の巧みな手管《てくだ》を覚え込まされて、朔矢はすでに彼の体温を感じるだけでとろけるようになっていた。

「すごいな……もうこんなになってるのか」

イスハークは指をうごめかせながら、熱く熟れた媚肉の感触に感じ入った様子で吐息をつき、囁く声に欲望をにじませた。

淫らな自分を恥じ、朔矢は身を縮め、顔を両腕で隠す。

腕を外して顔を見ようとするイスハークに、朔矢は首を振った。

「は、恥ずかしいんだ……こんな……呆れられないかと、思って……」

「馬鹿だな……そんなわけないだろう」

恥じ入る朔矢に、彼はやわらかく頰を撫でて言い切った。

「だって、私から求めたあと……いきなり君が戻ってこなくなって……だから」

朔矢はあの時の苦しさを思い出し、震える声で告げる。すると、

「あのあと、反対派に大きな動きがあって尻尾をつかむために必死だったんだ。心配をかけないように伏せていたんだが、かえって不安にさせてしまったな……すまない」

イスハークはそう言って朔矢にくちづけると、ゆっくりと指の動きを再開した。

「や…っ、あぁ……」

彼の指をくわえ込んで淫靡《いんび》な音を立てる秘部に羞恥が募り、朔矢が身をよじらせると、「可愛いな、朔矢は」と彼が耳元で囁いてくる。

その響きだけで感じてしまい、朔矢はふるりと身体を震わせた。

「いいか？　朔矢……」

情欲にとろけた表情を浮かべる朔矢を見下ろし、イスハークは問う。

「んっ……来てくれ……イスハーク…ッ」

それに応え、淫らに脚を開いてねだる朔矢に、イスハークが獰猛な唸り声を上げる。

そして、彼は朔矢の脚をさらに高く抱え上げると、勢いよく、朔矢の蕾へと己の欲望を突き入れた。

「ひぁ…っ、あぁ……ッ！」

とろけきった媚肉をすり上げられる愉悦に、朔矢は軽い絶頂さえ覚えてしまう。

「朔矢……ようやくお前から俺を求めてくれるようになったのに……この五日間、お前に触れられないのが、つらくてたまらなかった……」

イスハークは前髪が乱れた色香漂う相貌を切なげにゆがめ、欲望をぶつける。

「あぁ……イスハーク、私…も……っ」

彼の発するフェロモンにあてられたように陶然となって、朔矢も熱に浮かされたように応え、彼を求めた。

「朔矢……ッ」

イスハークがたまらない、というように名を呼び、腰の動きを速める。

「んぁ……くぅ…んん…っ!!」

そのきつすぎる刺激に翻弄され、朔矢は身悶えた。

「――……ッ!!」

そしてひときわ強く、イスハークの昂ぶりが朔矢の最奥へと突き入れられた瞬間。ほぼ二人同時に、悦びの声を上げて極まった――

朔矢とサミーラの襲撃事件から一週間経ち、イスハークの活躍のおかげでようやく反対派が引き起こした混乱も落ち着きを見せた。

そんな折、国王からの呼び出しを受けて、朔矢はイスハークとともに国王の静養している部屋へと向かった。

「――怖いか？」

隣に並んで歩いていたイスハークがそう言うと、不安に曇る朔矢の顔を覗き込む。

「……俺を信じてくれ。なにがあろうと朔矢、お前を幸せにする」

「イスハーク……」

朔矢が過去に負った傷のせいで臆病になっているのを気遣っているのだろう。イスハークにそんな風に言わせてしまう自分が悔しくて。

「大丈夫だ。君を信じるよ、イスハーク」

朔矢はまっすぐに彼を見つめ返し、答えた。

どんな苦難が待ち受けていようと、今度こそ自分の気持ちを貫く。そう決心したのだ。

たとえどんなに罵《ののし》られようとも受け止める。

強い決意を秘めて国王のもとを訪れた朔矢を待ち受けていたのは――しかし、思いもよらない展開だった。

国王、そしてなぜかその傍らでルシュディーまで、朔矢を迎え入れた。

「今まで、すまなかった……朔矢」

さらに国王に謝罪され、度肝を抜かれて朔矢は思わず固まってしまった。

「おぬしが診療を受けている間、イスハークにすべてを聞いた。……おぬしの父のことも、すべて反対派の謀略だったと。知らなかったとはいえ、今までお前にひどいことをしてきた。どうか、赦して欲しい」

「そんな…っ、恐れ多い……」

神妙な面持ちで言う国王に、朔矢は慌てて首を振った。

父のことは国王のせいではない。あくまで卑劣な暴漢たちがやったことなのに。

「一国の王として、卑劣な謀略を見過ごしてきた責任を負わなければならない。みそぎを済ませたあと、改めてイスハークに王位を譲ることにした。そのことは、すでにルシュディーも承諾している」

重々しく告げた国王の言葉に、ルシュディーはうなずく。

「僕は王位なんて重責を背負わされるのはごめんだからね。それに、兄さんは王位につく代わりに一生結婚はせずに、僕の子供に次の王位を譲るって約束してくれたし」

「イスハーク……殿下が…？」

ルシュディーの言葉に、朔矢は信じられない思いで隣に立つイスハークを見上げた。すると、

「ああ。俺の気持ちは、二人にはっきりと伝えた。朔矢と一生を添い遂げる覚悟だとな。サミーラ姫とシャミル国は、今回のことを謝罪し、俺を全面的に支持すると改めて表明した。……あくまで婚姻に頼らない、国と国とのパートナーシップを築くことを前提に、だ」

イスハークから告げられた事実に、朔矢は驚愕し、目を見開く。

「だから、朔矢が見張っておいてよ。兄さんが約束を違《たが》えないように、ずっと…ね」

そう言っていたずらっぽい笑みを浮かべるルシュディーに、国王もただ、静かにうなずいた。

狐につままれたような思いで国王との謁見《えっけん》を終え、イスハークと二人きりになったとたん、

「……本当、なのか…？」

彼のあまりに重大な決断に、朔矢はそう尋ねずにはいられなかった。

「俺を信じろと言っただろう？　お前を、幸せにすると」

「……イスハーク……」

迷いのないイスハークのまっすぐな言葉に、朔矢は声を震わせる。

朔矢を迎え入れるために、イスハークはどれほどの努力と苦労を積み重ねてきたのだろう。

彼の揺るがぬ決意に打たれ、胸が詰まって。朔矢は瞳を潤ませた。

「保守派を落ち着かせられたのは、将来ルシュディーの子供に王位を譲ると約束したおかげもあるんだ。それをルシュディーに納得させられたのも、お前の存在があったからだ」

「私…の……」

イスハークの言葉を繰り返し、その意味を噛み締める朔矢に、そうだ、と彼は力強くうなずく。

「急にすべてを変えようとしても無理が出る。俺の一生を懸けて、ルシュディーの子供が王位を継ぐ頃には、俺の理想とする国に変えておいてやるさ。古い時代に後戻りしないようにな」

「……大仕事だな。これからますます大変になるぞ」

野心あふれるイスハークに、朔矢は気を引き締めて言った。

「互いに離れていた時の孤独を思えば、多少の苦労などなんでもない。朔矢。傍にいて、俺を支えてくれるな。苦しい時も、病める時も——ずっと」

まるで生涯の伴侶であることを誓うようなその言葉に、朔矢の胸がジン…と熱くなる。

「朔矢。お前が幸せで、傍で笑っていてくれれば、そこが俺にとって守るべき『ジュメイラ・ワールド』《美しき世界》なんだ。だから——どうか一生傍にいて、俺を幸せにしてくれ」

今まで、想うことすら否定され、本当の気持ちから目を背けていた。それでも。

朔矢はまっすぐにイスハークを見据え、

「ああ——ずっと傍にいて、イスハーク、君をきっと幸せにする」

今度こそ、迷うことなく答えた。本心から、ありったけの真心を込めて。

手を伸ばすことを恐れずに、これからはイスハークと一緒に歩んでいきたい。

もしまた彼が窮地に落ち入った時、傍にいて支え、手を差し伸べられる人間でありたいのだ。

「なんといっても、私は王の命令には逆らえないからな」

「……おい」

不満そうに言うイスハークに、朔矢は小さく笑う。そして、

「君は、私の唯一無二の親友であり、ただ一人の王だ。イスハーク。――愛してる」

誇らしさを込めて、朔矢はイスハークに誓いの言葉を告げた。

すると、彼もまた不遜に笑い、

「ああ。昼は頼りがいのある盟友として、夜は淫らで可愛い愛妻として、生涯ずっと愛し続けてやろう」

そう言って、朔矢の身体を引き寄せる。

そしてまた、二人は互いを求め合う。繰り返される愛の誓いの証として――

END

あとがき

はじめまして、もしくはこんにちは。眉山さくらと申します。

久しぶりの砂漠モノということで、眉山の砂漠萌えを色々と詰め込みました！

まず絶対これ！　と思って登場させたハーレム。とはいってもちょっとひねりを利かせて、普通のハーレムに囚われて…というのとは違うパターンになったんじゃないかな？

それ以外にもこれは外せない、という要素をふんだんに盛り込みましたよ～。定番の要素を眉山なりにどう料理していくか、というのはとてもやりがいのある、難しいけど楽しい挑戦です。

タイトルではエロスを前面に押し出していますが、エロスはもちろん、今回もラブいちゃ成分たっぷりで頑張ってます！

今回の受けの朔矢は、眉山作品ではちょっと珍しいタイプだったかな？　と思います。凛々しい剣士、という設定なのでそれに似つかわしい武士道青年を目指しました！
というわけでもちろん武士にふさわしいストイックな性格……なはずなのに、なぜか結構、というかむしろ眉山作品の受けの中で一番エロい人になってしまった気がします（汗）
対する攻めのイスハークはもう、眉山のストライクゾーンど真ん中の、傲慢不遜な俺様で、受けに執着しすぎるあまりにそのあふれんばかりの情熱とかその他もろもろほとばしりすぎちゃっ

てるエロ大魔神なわけですが（笑）

そんな二人を素晴らしいイラストで彩ってくださった小山田先生。

ご多忙の中、拙作を引き受けてくださって、本当にありがとうございます～！

マンガも読んでいましたので、イラストを小山田先生につけていただけると知った段階から、絶対に攻めは黒髪で！　受けは凛々しいタイプで……とうきうきと想像を膨らませていました♪

本編イラスト、今からとても楽しみにしています！


そして、今回も大変お世話になった担当様、そしてリブレ出版の皆様。

より萌える、より読者の皆様に楽しんでもらえるものを！　という思いを胸に、共感しつついつも色々と勉強させていただいております。どうかこれからもよろしくお願いいたします！


最後に、この作品を読んでくださったあなたに、最大級の感謝を。

感じたことやご要望などありましたら、今後の糧にいたしますのでぜひ、お聞かせくださるとうれしいです。

ではまた、次の作品でもお会いできるのを願って……。

眉山さくら

初出一覧

官能と快楽の砂漠《ハーレム》　／書き下ろし

ビーボーイスラッシュノベルズを
お買い上げいただきありがとうございます。
この本を読んでのご意見・ご感想をお待ちしております。

〒162-0825 東京都新宿区神楽坂6-46
ローベル神楽坂ビル4階
リブレ出版(株)内 編集部

リブレ出版ビーボーイ編集部公式サイト「b-boyWEB」と携帯サイト「リブレ+モバイル」でアンケートを受け付けております。各サイトにアクセスし、TOPページの「アンケート」から該当アンケートを選択してください。(以下のパスワードの入力が必要です。)
ご協力をお待ちしております。

b-boyWEB　http://www.b-boy.jp
リブレ+モバイル　http://libremobile.jp/
(i-mode, EZweb, Yahoo!ケータイ対応)

ノベルズパスワード
2580

官能と快楽の砂漠《ハーレム》

2010年9月20日　第1刷発行

■著　者　眉山さくら

■発行者　牧 歳子
■発行所　リブレ出版株式会社

〒162-0825　東京都新宿区神楽坂6-46 ローベル神楽坂ビル6F
■営　業　電話／03-3235-7405　FAX／03-3235-0342
■編　集　電話／03-3235-0317

■印刷・製本　株式会社光邦

Printed in Japan
ISBN 978-4-86263-827-4